엔드랜드 1
폐허가 된 놀이공원

엔드랜드

폐허가 된 놀이공원

고병재
장편소설

1

"이제부터 환상적인 놀이공원인 엔드랜드 속
비밀 공간에 대해 아주 재미있는 이야기를 들려주지."

목차

✦ 할아버지가 들려준 이야기　　007
✦ 지도에 생긴 소용돌이　　030
✦ 폐허가 되어버린 공간　　049
✦ 콜로의 실수　　069
✦ 용맹한 호랑이의 선택　　081
✦ 구름 위 요정 숲　　100
✦ 나무 병정의 횡포　　117
✦ 으스스한 지름길　　137
✦ 정체불명의 생명체　　155
✦ 굳게 닫혀 있는 문　　173
✦ 시계탑 광장에서 전투　　188
✦ 문이 열리다　　202

할아버지가 들려준 이야기

 가을바람이 불어오는 어느 날 이글루 마을에 사는 콜로는 거동이 불편한 할머니의 심부름을 받고 집을 나섰다. 그는 마치 겨울 털모자를 뒤집어쓴 것처럼 기름진 더벅머리에 두 눈은 유리구슬처럼 크고 맑았다.
 콜로는 여느 날처럼 채소를 사 오기 위해 시장으로 향하던 중 가장 만나고 싶지 않은 그를 마주치고야 말았다. 바로 맞은편에서 위보와 두 친구가 걸어오고 있었다. 위보는 콜로와 나이가 같았는데 몸집은 두 배 더 컸다. 그의 코는 마치 뾰족한 벌침에 열방도 넘게 맞은 것처럼 둥글었고 눈썹은 송충이를 갖다 붙인 것처럼 두껍고 진했다. 그는 이글루 마을 안에서 자신보다 몸집이 작은 아이들의 돈을 빼앗는 것으로 이미 악명이 자자했다. 하지만 그의 바위 같은 커다란 주먹을 보면 그 어떤 어른이더라도 가지고 있는 돈을 스스로 내줄 것 같았다.

콜로는 뒷주머니에 들어 있는 심부름 돈을 빼앗기지 않기 위해 최대한 아무렇지 않은 척 하늘을 보고 걸어갔다. 그때 위보는 그를 보고 비아냥거리듯이 말했다.

"콜로! 어디를 가고 있는 거야?"

콜로는 침을 꿀떡 삼키고 목덜미에 힘을 준 채 걸음을 멈췄다. 위보는 양쪽 주머니에 손을 넣고 고개를 쳐들며 말했다.

"가지고 있는 돈 있어?"

콜로는 그를 올려다보는데 마치 거대한 언덕을 보는 것만 같았다.

"아니…. 없어."

그때 갑자기 위보는 콜로의 가슴을 두 손으로 강하게 밀쳤다. 콜로는 힘없이 뒤로 자빠져 온몸이 금세 흙투성이가 되고 말았다. 콜로는 위보를 올려다보고 소리쳤다.

"정말 가지고 있는 돈 하나도 없다고!"

그 모습을 서서 바라보고 있는 위보와 양옆에 서 있는 타피크와 라치타는 넘어져 있는 콜로를 둘러싸며 말했다.

"아까 너희 할머니한테 돈 받은 거 다 봤거든?"

콜로는 뒷주머니 안에 들어 있는 돈을 그들에게 빼앗기지 않기 위해 거짓말을 해야만 했다.

"정말 없다고!"

위보는 넘어진 콜로 앞으로 다가가 주머니를 뒤져보려 했다 콜로는 위보의 두꺼운 팔이 가까이 다가오자 툭 쳐서 그의 손을 밀었다. 위보는 콜로가 저항하자 손바닥으로 그의 이마를 밀쳤다.

위보는 콜로가 뒷주머니를 꽉 잡는 것을 보고 그 안에 돈이 있다는 것을 짐작할 수 있었다. 그는 콜로 뒷주머니에 다시 손을 뻗었다. 콜로는 이번에도 위보의 두꺼운 손목을 잡고 노려보았다. 콜로의 손은 마치 차가운 얼음을 쥐고 있는 것처럼 떨고 있었고 콜로의 눈에는 눈물이 글썽이고 있었다.

"이 녀석이!"

위보는 콜로의 손을 뿌리친 후 두 손으로 그의 가슴을 밀쳐 일어나지 못하게 했다. 이후 위보는 팔짱을 끼고 콜로의 모습을 내려다 보았다. 콜로를 둘러싸고 있는 타피크와 라치타도 넘어져 있는 콜로를 보며 비웃었다.

"주머니 안에 돈이 있으면 더 맞을 줄 알아!"

바닥에 넘어져 있는 콜로는 그 말을 듣고 뒷주머니 속에 쓰레기 뭉치처럼 구겨져 있는 돈을 꺼내 꽉 쥐었다. 그때 그 모습을 본 라치타가 말했다.

"손안에 돈이 있는 것 같아!"

위보는 그 말을 듣고 콜로의 주먹을 쥔 손을 보며 말했다.

"오호라, 거기에 중요한 거라도 들어 있나 봐?"

위보는 꽉 쥐고 있는 콜로의 주먹을 강제로 펴고 그 안에 구겨져 있는 돈을 보았다. 콜로는 고여 있던 눈물을 흘리며 소리쳤다.

"어서 그 돈 내놔!"

위보가 가소롭다는 듯 콧방귀를 뀌며 말했다.

"돈이 있으면 더 때린다고 말했지!"

위보는 일어나려는 콜로의 배를 한 번 더 걸어찼다. 양쪽에 서 있던 위보의 두 친구도 콜로를 짓밟기 위해 발을 높이 들어 올렸다. 그때 뒤에서 누군가 그들을 향해 소리쳤다.

"지금 뭐 하는 거야!"

그러자 콜로를 짓밟고 있던 세 친구는 동시에 소리가 난 방향으로 고개를 획 돌렸다. 그곳에는 열네 살 콜로보다 세 살 많은 형 시로가 굶주린 여우처럼 눈을 부릅뜬 채 서 있었다. 그는 콜로보다 키가 조금 더 컸고 양쪽 눈매가 올라가 있었다. 시로는 땅바닥에 넘어져 있는 동생을 향해 달려왔다. 콜로는 다가오는 시로를 보고 소리쳤다.

"오면 안 돼!"

그러나 시로는 잔뜩 흥분해서인지 콜로의 말을 듣지 않고 위보와 옆에 서 있는 그의 친구들의 얼굴에 한 방 먹여주기 위해 주먹을 쥐고 다가갔다. 그때 위보는 다가오는 시로를 보고 비꼬듯이 말했다.

"사이좋은 형제 납셨네."

시로는 얼굴이 붉어진 채 위보가 서 있는 곳 바로 앞까지 다가왔고 위보는 그가 눈을 부릅뜬 채 자신을 보고 있어도 아무렇지 않은 듯 눈을 피하지 않았다. 오히려 위보는 코에 두꺼운 집게손가락을 넣고 빼낸 코딱지를 시로 얼굴에 튕기며 말했다.

"설마 내 얼굴을 한 대 치기라도 하려고?"

그 말을 듣자 라치타와 타피아도 크게 웃었다. 시로는 참지 못하고 볼살이 출렁이는 위보의 왼쪽 뺨을 후려치기 위해 손을 높게 들어 올렸다. 하지만 시로가 손을 올리자마자 위보는 먼저 그의 가슴을 밀쳤고 시로의 주먹은 허공을 휘저었다.

결국, 시로도 콜로가 쓰러져 있는 곳 옆에 넘어지게 되었다. 위보와 옆에 서 있는 두 친구는 쓰러진 시로의 몸을 빨랫감 밟듯 세차게 밟았다.

"그냥 돈을 줬으면 이런 일도 생기지 않았을 텐데."

위보와 두 친구는 일 분이 넘도록 형제의 몸을 마구 짓밟았다. 그때 콜로는 시로의 몸 위에 자신의 몸을 덮었다. 서 있던 위보와 친구들은 다시 콜로의 몸을 밟기 시작했다.

"언제까지 버티나 보자!"

시로는 콜로가 자신의 몸을 감싸자 소리쳤다.

"너 지금 뭐 하는 거야!"

시로는 콜로의 몸을 옆으로 밀었다. 콜로는 자기 때문에 형까지 맞는 것은 절대 용납할 수 없다고 생각했기에 위보와 친구들의 발길질을 대신 맞아주었다.

그때 그들 뒤에서 다시 큰 소리가 들려왔다. 콜로는 맞던 중 힘겹게 눈을 떠 익숙한 목소리가 들리는 곳을 바라보았고 할머니가 지팡이를 짚고 서 있는 것을 보았다.

"이 녀석들 지금 뭐 하고 있는 거야!"

위보와 친구들은 콜로의 할머니가 나타나자 행동을 멈추었다. 할머니는 마치 단풍이 만개한 가을에 잘 익은 벼처럼 허리가 구부러져 있었다.

"감히 내 소중한 손자들을 때려?"

위보는 눈 사이 미간을 찌푸리며 말했다.

"오늘은 여기까지 하자."

할머니는 지팡이를 짚으며 최대한 빠른 속도로 콜로를 향해 다가오기 시작했다. 그녀 얼굴에 있는 주름은 평소보다 더 구겨져 있었다.

"야! 도망쳐!"

위보와 친구들은 그 자리에서 순식간에 달아났고 바닥에는 전투훈련을 받은 군인처럼 만신창이가 된 콜로와 시로만 남겨졌다. 그들 몸에는 마치 진흙을 밟고 들어온 신발장처럼 발자국이 마구 찍혀 있었고 콜로의 오른쪽 눈 옆에 난 상처에선 피가 흐르고 있었다. 콜로는 할머니를 보자 긴장이 풀렸는지 참아왔던 눈물을 왈칵

쏟아냈다. 멀리서 보이는 할머니의 모습은 그 어떤 영웅보다 더 듬직하게 느껴졌다.

"할머니…."

지팡이를 짚고 천천히 다가오고 있는 할머니도 울고 있는 콜로를 보며 애타게 소리쳤다.

"괜찮은 거니?"

바닥에 쓰러져 있는 시로는 할머니에게 이런 모습을 보이는 것이 부끄러운지 고개를 들지 못하고 속삭였다.

"왜 여기까지 나오신 거야…."

할머니는 지팡이를 짚고 콜로와 시로가 있는 곳까지 다가왔다. 콜로는 할머니가 오자 천천히 몸을 일으켰다. 할머니는 지팡이를 옆으로 내팽개치고 두 형제의 상태를 물끄러미 살펴보았다.

"녀석들 꼴이 이게 뭐니."

온몸이 흙투성이가 된 콜로는 고개를 숙이며 말했다.

"심부름 돈을 전부 빼앗겼어요."

할머니는 콜로의 말을 듣고 한동안 엉망진창이 된 그의 얼굴만 쳐다보았고 그의 머리카락 사이에 있는 모래알을 털어주었다. 그때 옆에 있던 시로가 말했다.

"제가 같이 나갔어야 했는데 그러지 못한 제 잘못이에요."

콜로는 고개를 저으며 말했다.

"아니야…."

할머니는 내팽개쳤던 지팡이를 다시 줍고 일어나 말했다.
"일단 집으로 돌아가자꾸나."
할머니의 말을 듣고 시로는 몸에 묻어 있는 흙을 툭툭 털었고 위보와 친구들이 도망간 방향을 보고 주먹을 꽉 쥐며 말했다.
"다음에 만나면 뼈가 으스러지도록 때려줄 거야!"
옆에 있던 콜로는 시로가 위보와 다시 싸워도 질 것이 뻔했지만 괜히 강한 척하는 것을 보며 슬며시 미소를 지었다. 시로는 콜로의 엉덩이를 털어주며 일으켰다. 두 형제는 서로 몸에 묻은 모래를 털어주었고 아무 말 없이 할머니 뒤를 따라 집으로 돌아갔다.
콜로가 사는 나무로 만들어진 작은 집은 오래되어 곳곳에 이끼가 껴 있었다. 그리고 강한 바람이 불 때 벽이 흔들려 깊이 잠을 잘 수 없었다. 콜로는 바람이 불면 집이 날아가 버리는 것은 아닌지 항상 불안에 떨어야만 했다. 그들의 부모님은 시로가 일곱 살이 되기 전 겨울에 불의의 사고로 먼저 세상을 떠났다. 그래서 그들은 어렸을 때부터 할머니 할아버지와 함께 살고 있다.
"다녀왔습니다."
콜로는 마치 형편없는 시험성적을 가져온 아이처럼 힘없이 말했다. 그의 할아버지는 팔순이 넘었음에도 머리숱이 풍성했지만, 거북이처럼 목이 앞으로 불쑥 튀어나와 있었다. 할아버지는 가죽 곳곳이 뜯겨 솜이 듬성듬성 튀어나와 있는 소파 위에 앉아 있었다. 할아버지는 천천히 고개를 돌려 콜로와 시로를 보았다.

콜로 뒤에서 들어오던 시로는 맞고 온 것을 들키지 않기 위해 재빨리 방 안으로 들어가려 했다. 할머니는 콜로의 오른쪽 눈 옆에 약을 발라주기 위해 약통을 가지러 방 안으로 들어갔다.

그때 할아버지는 콜로와 시로를 보며 느릿하게 말했다.

"너희들…. 옷이 왜 그렇게 된 거니?"

시로는 대충 넘기려는 듯 고개를 들지 않고 대충 말했다.

"길에서 넘어졌을 뿐이에요."

콜로도 억지로 미소를 지어보며 고개를 끄덕였다. 할아버지는 그들의 모습을 유심히 보더니 땅이 꺼질듯한 깊은 한숨을 내쉬고 말했다.

"혹시 오늘도 돈을 빼앗긴 거니?"

그 말을 듣고 콜로는 마치 엉덩이에 주삿바늘이 불쑥 들어온 것처럼 당황했다. 물론 시로도 마찬가지였다. 할아버지는 그들이 대답하지 않고 쭈뼛거리며 서 있자 살며시 고개를 끄덕였다. 그때 할머니는 방 안에서 하얀 상자를 들고나와 한숨 쉬듯 말했다.

"오늘도 위보 녀석한테 돈을 빼앗겼대요."

콜로와 시로는 큰 죄를 지은 범죄자처럼 고개를 들지 못했다. 할아버지는 다시 깊은 한숨을 내쉬고 말했다.

"이리로 와서 앉아라."

콜로와 시로는 심부름 돈을 모두 빼앗겨 할아버지에게 꾸중 들을 준비를 했다. 두 형제는 서로의 어깨를 살짝 밀어 할아버지 옆

자리에 앉는 것을 피하고 싶어 했다. 어쩔 수 없이 콜로가 꽃게 걸음으로 할아버지 옆에 앉았다. 콜로가 앉자 소파 안에 있던 솜이 혓바닥 내밀 듯 밖으로 삐죽 튀어나왔다. 시로도 콜로 옆에 앉았다. 할아버지는 그들이 소파에 앉자 주름을 구기며 알 수 없는 미소를 지었다.

할머니는 콜로 앞에 앉아 하얀 상자를 열어 연고와 면봉을 꺼냈다. 콜로는 할머니를 보고 말했다.

"약은 바르지 않아도 돼요. 상처는 금방 아물어요."

할머니는 콜로의 말에도 치약 짜듯 면봉에 연고를 듬뿍 짜냈다. 콜로는 눈 옆에 난 손톱 크기의 작은 상처 때문에 연고를 발라주려 하는 할머니를 이해하지 못했다. 할머니는 천천히 손을 올려 그의 눈 옆에 연고를 발랐다.

"너무 따가워요!"

콜로는 상처에 연고가 닿자, 순간 고개를 돌렸고 할머니는 면봉을 손에서 놓쳐 바닥에 떨어뜨리고 말았다. 옆에서 그 모습을 보고 있던 시로가 말했다.

"콜로, 가만히 있어."

콜로는 어쩔 수 없이 떨어진 면봉을 다시 주워 할머니 손에 쥐여 주었다. 할머니는 마치 케이크 시트에 생크림을 펴 바르는 것처럼 뺨까지 연고를 넓게 펴 발랐다. 콜로는 얼굴을 찡그리며 말했다.

"여기는 상처 난 곳이 아니에요!"

그런데도 할머니는 아무 말 없이 연고를 발라주었고 면봉에 연고가 전부 없어지자 다시 하얀 상자를 닫고 천천히 일어나 방 안으로 천천히 들어갔다. 할아버지는 할머니가 방 안으로 들어가자 기다렸다는 듯이 헛기침을 하고 입을 열었다.

"너희들에게 당부하지만 절대로 다른 사람을 때리면 안 된단다."

그러자 시로는 찢어진 소파에서 튀어나온 솜 한 뭉치를 잡고 말했다.

"할아버지! 그럼 매일 맞고 있으라고요?"

할아버지는 한동안 아무 대답도 하지 않았다. 콜로도 시로와 같은 생각을 하고 있다는 듯 고개를 끄덕이며 할아버지를 쳐다보았다. 잠시 뒤 할아버지는 다시 입을 열었다.

"다른 사람을 때리면 안 돼. 모두 돌아오게 돼 있어."

시로는 소파에 등을 기대 천장을 바라보았다. 할아버지는 의기소침해진 두 형제를 보고 말했다.

"너희들에게 재미난 이야기 하나 들려줄까?"

콜로 형제는 할아버지의 입에서 그 말이 나오자 동시에 서로를 쳐다보며 어떤 말이 나올지 이미 알고 있다는 듯 어깨를 축 늘어뜨렸다. 할아버지는 지루해하는 손자들의 반응에도 아랑곳하지 않고 말했다.

"너희들 환상적인 놀이공원 엔드랜드에 대해 들어봤지?"

콜로는 마치 초등학교 수학 문제를 풀고 있는 대학생처럼 빠르게 대답했다.

"네. 알아요."

할아버지는 생각만 해도 재밌다는 듯 입꼬리를 씰룩거리며 말했다.

"이제부터 환상적인 놀이공원인 엔드랜드 속 비밀 공간에 대해 아주 재미있는 이야기를 들려주지."

콜로는 할아버지의 입에서 어떤 이야기가 나올 자 알면서도 입을 꾹 다물었다. 시로도 이미 몇백 번은 넘게 들어서 관심 없는 듯 천장을 바라보았다.

"크흠!"

할아버지는 다시 헛기침한 후 옛 기억을 떠올리는 듯 아련한 눈빛으로 주름진 손등을 보며 말했다.

"매일 사람이 넘치고 엄청난 축제가 열리고 있는 엔드랜드 안에 평범한 사람들은 모르고 있는 비밀 장소가 있어. 어때, 궁금하지 않니?"

할아버지는 매일 그랬듯이 콜로와 시로를 한 번씩 쳐다보았고 두 형제는 마지못해 고개를 끄덕였다. 콜로는 어제도 했던 대답을 오늘도 했다.

"하지만 저희는 엔드랜드에 갈 돈도 없고 어떻게 가야 하는지도 몰라요."

할아버지는 콜로의 말에 대답하지 않고 말을 이었다.

"엔드랜드 속 숨겨진 공간으로 들어가기만 한다면 훨씬 더 신기하고 환상적인 풍경을 볼 수 있고 이곳에 없는 신기한 음식도 먹어 볼 수 있단다."

시로는 천장을 바라본 채 힘없이 말했다.

"그곳에 가보셨다고 그러셨잖아요."

그의 대답에 할아버지는 빠져 있는 앞니를 보이며 웃음을 지었다.

"내가 그랬나?"

할아버지는 말을 이었다.

"그곳에서 있었던 일들은 아직도 잊을 수 없지. 내가 죽게 된다면 하늘 위로 가는 대신 그곳으로 가고 싶은데…."

가만히 듣고 있던 콜로가 화들짝 놀라 말했다.

"그게 무슨 말씀이세요! 오래오래 사셔야 해요!"

방에서 나온 할머니는 할아버지를 보고 한숨을 내쉬었다.

"저 영감탱이가 오늘도 저 소리를 하는군."

할머니는 고개를 저으며 주방으로 들어갔다. 콜로와 시로도 매일 기억을 잊어버리는 할아버지가 말하는 엔드랜드 속 비밀 공간이 실제로 있는 장소라고 생각하지 않았다. 하지만 엔드랜드에 대한 이야기를 할 때 할아버지는 하루 중 유일하게 웃음을 지었기에 그들은 매일 지루하더라도 참고 들을 수밖에 없었다.

할머 니는 할아버지가 형편없는 소리만 하는 것을 이해하지 못했다. 한편 콜로는 할아버지가 말하는 비밀 장소가 실제로 존재한다면 재밌을 것 같다는 생각도 했다. 콜로는 할아버지가 마치 어렸을 적 첫사랑을 생각하고 있는 것처럼 환한 표정을 보며 말했다.

"그럼 할아버지는 그 비밀 공간에 몇 번이나 가보셨어요?"

"나는 여러 번 가보았지. 지금 당장이라도 그곳에 가고 싶지만 이젠 몸이 말을 듣지 않으니…."

천장을 보고 있던 시로가 소파에서 등을 떼며 말했다.

"그 비밀 장소에는 어떻게 하면 들어갈 수 있는 거예요?"

시로는 할아버지가 하는 말이 그저 상상 속 이야기라는 것을 알고 알고서도 예의상 매번 질문했다. 그리고 시로는 지금 피곤해서 당장 눕고 싶었기에 할아버지가 엔드랜드에 대한 이야기를 끝내 주었으면 좋겠다고 생각했다.

"그곳엔 아무나 못 들어가지."

콜로가 말했다.

"그럼 누가 비밀 장소로 들어갈 수 있는 건데요?"

할아버지는 콜로가 두 눈을 동그랗게 뜨고 말하자 알 수 없는 미소와 함께 팔짱을 끼며 말했다.

"비밀 공간으로 들어가기 위해 해야 하는 규칙들이 있어."

콜로는 소문으로만 들어본 엔드랜드에 가볼 기회도 없었지만, 매일 할아버지의 이야기를 듣고 그곳에 대한 궁금증이 점점 더 커졌다.

"어떤 규칙들인데요?"

"그건 지금 말해줄 수 없단다."

콜로는 고개를 갸우뚱거리며 입을 삐죽 내밀었다.

"지금 말씀해 주실 수 없다고요? 왜요?"

"나중에 기회가 된다면 알려주마."

콜로는 할아버지의 그 말을 듣고 지금까지 듣고 있던 이야기가 그저 상상 속에만 있는 장소라는 것을 확신했다. 할아버지가 엔드랜드에 대한 이야기를 멈추지 않을 것 같은 그때 부엌에서 나온 할머니가 할아버지를 보며 말했다.

"영감! 그만하고 저녁이나 먹어요!"

콜로와 시로는 할머니가 주방에서 나와 하는 소리를 듣자 마치 몸을 묶고 있던 속박에서 풀려난 것처럼 소파에서 일어났다. 부엌 안으로 들어가자 둥근 식탁 위에 밥그릇은 네 개가 놓여 있었지만, 가운데에 놓여 있는 접시에는 초록빛의 시금치 하나만 놓여 있었다. 할머니는 식탁에 놓여 있는 반찬을 보고 말했다.

"미안하구나. 다음에는 꼭 고기반찬을 해줄게."

하지만 콜로와 시로는 할머니가 주눅 들어 팔자 주름이 깊어진 것을 보고 동시에 고개를 내저었다. 콜로는 할머니를 의자에 앉히며 말했다.

"저는 어떤 고기보다 할머니가 만들어 주신 시금치 무침이 가장 맛있어요!"

할머니는 콜로의 말을 듣자 애써 미소를 지으며 말했다.
"고맙구나."
그때 할아버지도 부엌으로 들어와 자리에 앉았다. 두 형제는 단출한 식사여도 전혀 부족함을 느끼지 못했다. 저녁 식사를 마치자 하늘은 이미 어두워져 있었다. 할머니는 저녁을 다 먹고 콜로와 시로를 보며 미안하다는 듯 말했다.
"콜로, 내일은 시장에 가서 시금치를 내다 팔아야 할 거야."
할머니는 신문지에 둘둘 감겨 있는 시금치를 식탁 위에 올려두었다. 콜로는 흙이 잔뜩 묻어 있는 신문지를 보며 말했다.
"내일 제가 시금치를 전부 팔아올 테니 할머니는 걱정하지 말고 편히 쉬세요."
할머니는 기특함에 콜로와 시로의 머리를 쓰다듬어 주었다. 밤이 깊어지자 두 형제는 좁은 방 안에 나란히 누웠고 얼마 지나지 않아 밖에서 들려오는 귀뚜라미의 노랫소리를 들으며 깊은 잠에 빠졌다.

야심한 새벽 콜로 형제가 자는 오래된 집 안으로 쌀쌀한 바람이 들어오고 있었다. 콜로와 시로는 이불도 없이 딱딱한 나무 바닥에 몸을 대자로 뻗어 잠에서 깨어나지 않았다. 그때 할머니가 방으로 다급히 달려와 소리쳤다.

"콜로! 시로!"

할머니는 그 자리에서 발만 동동 구르고 있었다. 할머니가 깊은 새벽 중에 갑자기 소리치자 깜짝 놀라 일어난 콜로는 이 상황이 꿈인 줄 알고 주변을 둘러보다 다시 눈을 감으려 했다. 하지만 할머니가 방문 앞에서 계속 소리치자 꿈이 아니라는 것을 알 수 있었다. 그는 다급하게 몸을 일으켜 말했다.

"무슨 일이에요!"

할머니는 울먹이며 말했다.

"영감의 상태가 이상하구나."

콜로와 시로는 할머니의 그 말을 듣고 순식간에 일어나 안방으로 헐레벌떡 뛰어갔다. 침대에 누워 있는 할아버지는 정말 평소와 다르게 숨을 거칠게 내쉬고 있었고 눈은 초점 없이 천장을 보고 있었다. 콜로는 할아버지 얼굴에 얼굴을 가까이 내밀어 말했다.

"할아버지 괜찮으세요?"

콜로는 두 손으로 할아버지의 주름진 손을 살포시 잡았다. 할아버지는 남아 있는 힘으로 콜로의 손을 쥐었다.

콜로와 시로는 할아버지의 상태가 심상치 않다는 것을 단번에 알 수 있었다. 시로는 의사를 불러오기 위해 방 밖으로 뛰쳐나갔다. 그때 할아버지는 콜로의 손안에 접혀 있는 종이 하나를 쥐여 주었다.

"이거…."

콜로는 할아버지가 손에 쥐여 준 종이를 보고 말했다.

"할아버지 이게 뭐예요?"

"비밀 공간…."

시로는 신발을 신고 소리쳤다.

"저는 어서 의원을 불러올게요!"

그때 할아버지는 떨리는 눈동자로 콜로를 보더니 잠시 뒤 눈을 감았다. 콜로의 손을 잡고 있던 할아버지의 팔도 힘없이 툭 떨어졌다. 그는 움직이지 않는 할아버지를 보고 소리쳤다.

"할아버지!"

그는 할아버지의 몸을 마구 흔들었지만, 몸은 이미 축 늘어져 있었다. 할머니는 결국 바닥에 주저앉고 말았다. 밖으로 나가려던 시로는 콜로가 울부짖자 어떤 일이 일어났는지 짐작할 수 있었다. 시로는 천천히 신발을 벗고 안방으로 들어왔다.

"할아버지…."

할아버지는 눈을 뜨지 않았다.

아침이 되자 콜로 형제와 할머니는 하늘로 떠난 할아버지가 좋은 곳으로 갈 수 있게 기도해 주었다. 콜로는 닭똥 같은 눈물을 뚝뚝 떨어뜨리며 말했다.

"할아버지는 매일 가고 싶어 하시던 엔드랜드 속 비밀 장소로 가셨겠지?"

시로는 말없이 고개만 끄덕였다. 이후 그들은 할아버지가 영원히 돌아오지 않는 집으로 돌아왔다. 할머니는 집 안에 들어와서도 영혼이 빠져나간 듯 힘없이 앉아만 있었다. 시로는 할머니를 위로하기 위해 시금치를 팔러 나가지 않고 온종일 곁에 있었다.

그때 콜로는 할아버지가 눈을 감기 전 마지막으로 쥐여 준 종이를 꺼내 시로에게 보여주었다.

"할아버지가 이걸 주셨어."

종이 중심에 "엔드랜드 속 비밀 장소로 가는 방법!"이라고 적혀 있었다. 그리고 종이 오른쪽 구석에는 "엔드랜드에 들어가기 전까지 절대로 열어보면 절대 안 돼!"라고 적혀 있었다. 시로는 힘없이 말했다.

"어차피 우리는 돈도 없고 그곳에 가는 방법도 몰라. 그 종이는 소중히 간직하고 있자."

그때 운명의 장난처럼 콜로는 집 앞을 지나가는 위보의 우렁찬 목소리를 들었다. 위보가 뚱뚱한 몸으로 날뛰며 환호하는 소리였다.

"정말로요? 저희가 내일 엔드랜드에 간다고요?"

콜로와 시로는 집 안에서 위보가 한 말을 듣고 동시에 서로를 쳐다보았다. 하지만 시로는 콜로를 보고 말했다.

"나는 저 돼지 같은 녀석한테 같이 가달라고 부탁하기 싫어. 차

라리 엔드랜드에 가지 않는 것이 더 좋을….”
 시로의 말이 끝나기도 전에 콜로는 신발을 구겨 신고 집 밖으로 뛰쳐나가 소리쳤다.
 "위보!"
 위보는 마치 파티 장소에 오면 안 되는 사람이 들어온 것을 본 것처럼 한숨을 내쉬며 콜로를 무시하듯 내려다보았다.
 "뭔데!"
 콜로는 위보가 아닌 옆에 서 있는 그의 아버지 앞으로 가서 말했다. 위보 아버지는 다리미로 잘 다려진 검은 정장을 입고 있었다. 머리는 왁스 한 통을 부어버린 것처럼 반짝거렸고 콧수염은 자로 잰 것처럼 반듯했다.
 "아저씨, 저희도 엔드랜드에 데려가 주세요!"
 갑작스럽게 그 말을 들은 위보의 아버지는 당황한 듯 쉽게 대답하지 못하고 잠시 콜로를 쳐다보기만 했다.
 위보가 말했다.
 "그걸 말이라고 해? 당연히 안 돼!"
 그때 시로가 밖으로 나와 소리쳤다.
 "콜로! 어서 집으로 들어와. 저 돼지 같은 녀석한테 부탁하지 말라고!"
 위보는 집 밖으로 나온 시로를 노려보며 소리쳤다.
 "뭐라고 했어!"

그때 위보의 아버지가 두 눈을 똑바로 뜨고 있는 콜로를 보며 차분히 말했다.

"미안하지만 너희는 입장권을 살 돈이 없잖니."

콜로는 위보 아버지의 말을 듣고 고개를 살며시 끄덕이며 아무 말도 내뱉지 못했다. 그때 할머니가 지팡이를 짚고 밖으로 나와 말했다.

"여기 입장권 살 돈 있네!"

할머니의 주름진 손바닥 위에 꾸깃꾸깃한 돈뭉치가 있었다. 시로와 콜로는 그 모습을 보고 말했다.

"할머니…."

할머니는 위보 아버지를 보며 말을 이었다.

"돈을 줄 테니 우리 손자들을 같이 데려가 주시오."

그때 위보는 욕심 가득한 볼살을 흔들어 대며 아버지를 보고 소리쳤다.

"저 녀석들을 우리 차에 태울 수 없어요. 차가 금방 더러워진다고요!"

할머니는 우산을 들 듯 지팡이를 높게 올려 소리쳤다.

"저 버르장머리 없는 녀석이!"

그때 콜로는 위보 아버지 앞에서 무릎을 꿇었다. 그 모습을 보고 있던 주변 사람들은 모두 놀라 순간 움직이지 못했다. 콜로는 고개를 숙여 말했다.

"제발 데려가 주세요."

위보는 그런 콜로를 보며 팔짱을 낀 채 비웃기 시작했고 시로는 그의 몸을 일으키며 소리쳤다.

"너 지금 뭐 하는 거야! 그까짓 거 안 가면 돼. 어서 일어나!"

위보 아버지는 콜로를 보고 어쩔 수 없다는 듯 고개를 끄덕였다.

"내일 아침에 이곳으로 오렴."

콜로는 벌떡 일어나 허리가 부러질 듯 구부리며 소리쳤다.

"감사합니다!"

위보는 심술이 난 듯 얼굴이 붉어졌고 아버지를 보며 말했다.

"아버지!"

다음 날 아침, 콜로와 시로는 집을 나서기 전 할아버지가 주신 종이를 챙겨 할머니를 보고 인사했다.

"저희 다녀올게요."

"조심해서 다녀오거라."

콜로는 기대에 가득 차 있는 눈빛을 보이며 말했다.

"할아버지가 말씀하셨던 엔드랜드 속 비밀 장소가 정말로 있는지 직접 확인해 보고 올게요!"

옆에 있던 시로가 고개를 저으며 말했다.

"그런 건 없다니까."

할머니는 온화한 미소를 지으며 손을 흔들었다. 두 형제가 집 밖으로 나가니 위보 아버지의 번쩍거리는 검은 세단이 이미 도착해 있었다. 콜로가 자동차 앞으로 다가가자 위보는 신문지를 들고 내렸다.

"아직 타지 말고 기다려!"

위보는 뒷좌석과 발판에 신문지를 덕지덕지 깔았다. 그의 아버지는 운전석에서 얕은 한숨을 내쉬며 말했다.

"그렇게까지 해야겠니?"

"콜로가 차에 타면 금방 더러워져서 고장이 날 거예요!"

하지만 콜로는 위보가 신문지를 까는 것에 전혀 기분이 상하지 않았다. 그저 소문으로만 듣던 환상적인 놀이공원에 갈 수 있다는 설레는 마음뿐이었다. 시로는 당장이라도 위보의 얼굴을 한 대 후려갈기고 싶었지만 참았다. 잠시 뒤 그들이 올라탄 자동차는 엔드랜드를 향해 나아갔다.

지도에 생긴 소용돌이

　몇 시간 뒤 위보 아버지의 검정 세단은 엔드랜드에 점점 더 가까워졌다. 콜로는 멀리서 보이는 엔드랜드의 웅장한 모습을 보자 창문에 두 손바닥을 대고 목구멍이 보일 정도로 입을 벌렸다. 그때 위보가 창문에서 그의 손을 떼어냈다.
　"그 더러운 손으로 창문 만지지 마!"
　그때 위보 아버지가 말했다.
　"이제 다 왔구나."
　위보는 엔드랜드에서 눈을 떼지 못하는 콜로를 한심하게 쳐다보며 말했다.
　"너는 이런 곳에 처음 와봐서 신기하지? 나는 자주 와서 감흥도 없는데."

운전석에서 위보 아버지가 그를 보고 단호하게 말했다.

"위보, 그만하렴!"

"알겠어요."

하지만 콜로는 위보가 자신을 놀리고 있음에도 그의 말이 전혀 들리지 않았다. 그는 동화 속에서만 보았던 거대한 놀이공원이 앞에 있다는 것이 믿기지 않았다. 옆에 앉아 있는 시로도 콜로와 마찬가지로 심장박동이 점점 빨라졌다. 잠시 뒤 그들이 타고 있던 차는 멈추었고 위보 아버지는 시동을 끄고 말했다.

"이제 내리렴."

콜로는 차에서 내려 엔드랜드 입구를 훑어보았다. 놀이공원 입구에는 벌써 수많은 사람이 기다란 열차처럼 길게 줄을 서고 있었다. 콜로는 시로를 보고 말했다.

"정말 우리가 이런 곳에 와보다니."

시로도 자신이 생각했던 것보다 더 거대한 엔드랜드의 크기와 전 세계에 있는 사람들이 전부 이곳에 온 것 같은 많은 인파를 보며 침을 삼켰다.

"그러게."

그때 위보 아버지가 차 문을 닫고 말했다.

"입장권을 사야 하니 잠시만 기다리렴."

위보는 콜로에게 다가와 말했다.

"돈은 잘 가지고 있지?"

"물론이지!"

콜로는 주머니에서 구겨진 돈뭉치를 꺼냈다. 그가 가지고 있는 돈은 입장권을 사고 조금 남을만한 금액이었다. 위보는 콜로 손바닥 위에 올려져 있는 돈을 마치 더러운 쓰레기를 만지듯 엄지손가락과 집게손가락 끝으로 집어 올려 아버지에게 건네주었다.

위보 아버지는 입장권을 사러 매표소로 갔다. 콜로는 그를 기다리는 동안 설레는 마음에 두 손으로 가슴을 쓸어내리며 쿵쾅거리고 있는 심장을 간신히 진정시켰다.

"드디어 나도 엔드랜드에 들어갈 수 있다니!"

위보는 그를 보고 고개를 저었다.

"너는 오늘이 마지막일 수도 있으니까 열심히 즐기는 게 좋을 거야."

그 말을 들은 시로가 위보 앞으로 다가와 말했다.

"너 한 대 맞을래?"

"형! 그만해. 오늘은 좋은 날이잖아."

콜로는 시로의 팔을 잡아 주먹이 올라가는 것을 말렸다. 그때 매표소에서 입장권을 구매해 온 위보의 아버지가 그들에게 입장권을 내밀며 말했다.

"오늘 재미있게 즐기렴!"

"감사합니다!"

콜로는 아직도 믿기지 않는지 하늘 위로 입장권을 높이 들어 햇빛에 비춰 보았다. 바람에 살랑이는 입장권은 봄에 피는 예쁜 꽃잎 같았다. 그런데 그때 갑자기 바람이 강하게 불면서 콜로의 손에 있던 입장권이 빠져 바람을 타고 날아가기 시작했다.

"안 돼!"

콜로 손에서 빠져나간 입장권은 줄을 서고 있는 사람들의 다리 사이로 날아갔다. 콜로는 실수로 놓쳐버린 입장권을 다시 잡기 위해 사람들 사이를 헤집으며 달려갔다. 시로도 콜로의 뒤를 쫓아갔다. 위보는 입장권을 놓쳐버린 콜로의 모습을 보고도 자신과 상관없는 일이라는 듯 팔짱을 끼고 말했다.

"아버지! 저희 먼저 들어가요. 쟤네들은 알아서 들어올 거예요."

위보 아버지가 말했다.

"그래도 친구들과 같이 들어가는 게 어떠니?"

"아니에요. 빨리 들어가서 놀이기구를 타야 해요!"

위보는 아버지의 팔을 잡고 엔드랜드 입구로 잡아당겼다.

이리저리 불어대는 바람 때문에 날아가는 입장권은 쉽게 멈추지 않았고 뛰어가고 있는 콜로와 시로는 입장권에서 한순간도 눈을 떼지 않았다. 다행히 시간이 지나 바람은 서서히 잦아들었고 콜로는 바닥에 떨어져 있는 입장권을 밟기 위해 발을 쭉 뻗었다.

그때 하늘의 장난처럼 바람은 다시 불기 시작했고 입장권은 콜로를 놀리기라도 하는 것처럼 바람을 따라 날아갔다. 그때 콜로는 줄을 서고 있던 한 여자아이의 하얀 구두를 밟아버리고 말았다. 여자아이는 울음을 터트렸고 옆에 서 있던 아이의 엄마는 두 손을 허리에 올리고 콜로를 내려다보며 말했다.

"왜 우리 아이의 발을 밟은 거니?"

"죄송합니다!"

콜로는 빠르게 사과한 후 입장권을 시야에서 놓치지 않기 위해 사람들 사이를 지나갔다. 시로도 콜로가 놓쳐버린 입장권에 시선을 떼지 않고 뒤따라갔다.

"잠시만요! 비켜주세요!"

하지만 엔드랜드 안으로 들어갈 수 있는 입장권은 콜로의 시야에서 사라지고 말았다.

"없어졌어!"

콜로는 그 자리에서 걸음을 멈추었다. 그는 두 손으로 머리를 감싼 채 고개를 이리저리 돌리며 사라진 입장권을 찾았다. 하지만 바닥에는 엔드랜드 안으로 들어가기 위해 줄을 서고 있는 사람들의 수많은 다리만 있을 뿐 입장권은 보이지 않았다.

콜로가 뛰어가다 멈추자 시로는 그가 입장권을 잃어버렸다는 것을 알아차릴 수 있었다. 콜로는 뒤따라오던 시로가 옆으로 다가오자 울먹이며 말했다.

"입장권을 잃어버렸어."

시로도 주변을 둘러보며 입장권을 어떻게 해서든 찾아보려고 했다. 하지만 지금은 마치 바닥에 있는 사탕을 본 개미들처럼 사람들이 한곳에 모여 있어서 입장권을 볼 수 없었다. 시로는 곧 울음을 터트릴 것 같은 콜로를 보며 말했다.

"사람들이 엔드랜드 안으로 들어가면 다시 찾아보자."

콜로는 몸에 영혼이 전부 빠져나간 사람처럼 어깨를 축 늘어뜨렸다.

"실망하지 마. 입장권을 찾을 수 있을 거야."

콜로와 시로는 어쩔 수 없이 엔드랜드 입구 앞에 있는 기다란 나무 벤치에 풀썩 앉아 다른 사람들의 기대에 찬 표정을 지켜보고 있을 수밖에 없었다. 한 시간쯤 흘러 줄을 서던 사람들은 점점 줄어들었고 콜로는 바닥만 바라보았다.

하지만 사람들이 엔드랜드 안으로 들어갔는데도 그들의 눈에는 굴러다니는 깡통과 쓰레기만 보일 뿐 입장권은 보이지 않았다. 콜로는 울먹이며 말했다.

"누가 우리 입장권을 가지고 들어간 건 아니겠지?"

시로는 그럴 수도 있다고 생각했지만, 고개를 저으며 말했다.

"아니야, 그러진 않았을 거야. 조금만 더 기다려 보자."

엔드랜드 안에서 달콤한 캐러멜 팝콘 향기까지 풍겨 나오자 콜로는 마음이 더 조급해졌다. 엔드랜드 안에서 동화 속에 들어온 것 같은 음악 소리가 들려왔고 잠시 뒤에는 놀이기구 타며 비명을 질러대는 사람들의 소리도 들려왔다.

그때 매표소 주변에 서 있던 엔드랜드 직원이 안으로 들어가지 않는 콜로와 시로에게 다가왔다. 그녀는 볼살이 통통하고 귀여운 보조개를 가지고 있었고 마치 어린아이에게 말하는 것처럼 허리를 숙이고 울먹이고 있는 콜로를 보며 말했다.

"꼬마 친구들! 왜 들어가지 않고 이곳에 앉아 있는 거예요?"

콜로는 고개를 들지 못하고 말했다.

"입장권을 잃어버렸어요."

그 말을 들은 그녀는 예의상 주변을 한번 둘러보고 난 뒤 말했다.

"이것 참 어쩌죠. 여기에서 잃어버렸으면 찾기 힘들 것 같은데…."

귀여운 소녀의 상냥한 말투에서 콜로를 좌절시키는 말이 나오자 그는 고개를 들지 못했다. 시로도 눈에 불을 켜고 주변을 둘러보았지만, 입장권은 보이지 않았다. 그들 앞에 있는 엔드랜드 직원은 다시 매표소 안으로 들어갔다. 콜로는 결국 눈물을 떨어뜨리며 말했다.

"할머니가 주신 돈을 이렇게 날려버렸어."

시로는 옆에서 자신의 입장권을 만지작거리며 말했다.

"그러게…."

그때 콜로는 입장권을 만지작거리고 있는 시로를 보며 말했다.

"형이라도 들어가. 나는 여기에서 입장권을 계속 찾아볼게."

그 말을 듣고 시로는 자리에서 일어나 얼굴을 찡그리며 말했다.

"그게 무슨 소리야."

"어쩔 수 없잖아. 내가 저지른 잘못이니까."

"절대 나 혼자 들어가지 않을 거야."

두 형제는 조금 전까지만 해도 사람들이 북적거렸지만, 지금은 쓸쓸한 바람만 불어오는 나무 벤치에 앉아 엔드랜드 입구를 바라보았다.

그때 그들 앞에 한 사람이 다가왔다. 콜로는 바로 앞에 검은 그림자가 드리우자 고개를 들었다. 그는 펑퍼짐한 하얀 옷에 빨간 점이 가득 찍혀 있는 옷을 입고 있었다. 얼굴 전체는 하얀색 물감으로 칠해져 있었고 코와 양쪽 볼은 붉게 칠해져 있었다.

"안녕? 난 피에로야!"

콜로는 처음 그의 우스꽝스러운 얼굴을 보고 놀랐지만, 옷을 보며 경계를 누그려 뜨렸다. 뒷짐 지고 서 있는 피에로는 힘없이 앉아 있는 두 형제를 물끄러미 바라보았다. 피에로는 양쪽 볼까지 입꼬리가 올라가 있는 분장을 하고 있어서 그런지 그가 계속 웃고 있는 것처럼 보였다. "너희들은 재미가 넘쳐나는 엔드랜드 안으로 들어가지 않고 왜 여기에 앉아 있는 거니?"

콜로는 바람 빠진 풍선처럼 한숨 쉬듯 말했다.

"제가 입장권을 잃어버려서 안으로 들어갈 수 없어요."

피에로가 안타깝다는 듯 턱을 쓰다듬으며 말했다.

"그런 안타까운 이유가 있었군."

콜로도 고개를 푹 숙인 채 저었다. 그때 피에로는 그의 머리 앞에 손을 쭉 내밀었다. 콜로는 하얀색 두꺼운 장갑을 끼고 있는 그의 주먹을 보고 말했다.

"이게 뭐예요."

콜로는 고개를 들어 피에로의 얼굴을 멀뚱히 쳐다보았다. 그는 주먹 안에 있는 것을 열어보라는 듯 눈썹을 느끼하게 들썩였다.

"너에게 줄 선물."

"선물이요?"

미소를 짓고 있는 피에로는 그 말을 하고 난 뒤 주먹을 폈다. 콜로와 시로는 피에로의 손바닥에 놓여 있는 것을 보자 동시에 두 눈이 밖으로 튀어나올 것처럼 커졌다. 그는 두 형제가 놀라는 모습을 보고 함박웃음을 지었다.

"이건!"

콜로는 너무 놀라 두 손으로 입을 틀어막은 채 잠시 움직이지 못했다. 피에로의 손 위에 올려져 있는 것은 바로 콜로가 잃어버렸던 엔드랜드 입장권이었다.

"이건 제가 잃어버렸던 거예요!"

콜로는 고개를 들어 웃고 있는 피에로의 얼굴을 보고 환한 웃음을 지었다. 시로도 마치 그가 다이아몬드를 손바닥에 올려두고 있기라도 한 듯 신기하게 바라보았다. 피에로는 두 형제를 보며 말했다.

"어서 이것을 가지고 안으로 들어가렴."

콜로는 자리에서 일어나 피에로를 꽉 껴안았다. 피에로는 콜로의 갑작스러운 행동에 순간 당황했지만, 이후 그의 머리를 쓰다듬어 주었다.

"입장권을 찾아주셔서 정말 감사합니다!"

"환상적인 엔드랜드에 온 것을 정식으로 환영해!"

콜로는 입장권을 가지고 엔드랜드 입구로 빠르게 뛰어갔다. 피에로는 그들의 뒷모습을 보며 알 수 없는 웃음을 지었다.

"귀여운 녀석들이군."

조금 늦었지만, 점심이 되기 전 엔드랜드 안으로 들어오게 된 콜로와 시로는 밖에서 보던 광경보다 더 동화 속 같은 내부 풍경을 보고 고개가 멈추지 않았다. 콜로는 엔드랜드 안으로 들어가자마자 마치 동화 속 주인공이 된 것처럼 설레는 마음에 가슴이 두근거렸다. 그는 시로의 어깨를 두드리며 말했다.

"우리도 어서 놀이기구를 타러 가자!"

시로는 들뜬 콜로를 보고 침착하게 말했다.

"그 전에 우리가 해야 할 일이 있잖아."

콜로는 잠시 멈춰 생각하더니 집게손가락을 높이 올려 말했다.

"맞아!"

콜로는 주머니에서 할아버지가 건네주었던 종이를 꺼냈다. 그는 종이에 할아버지의 구릿한 향기가 남아 있어 순간 코끝이 찡해졌다. 콜로는 간신히 울음을 참고 시로에게 종이를 건넸다.

"이제 엔드랜드 안으로 들어왔으니 열어봐도 되겠지?"

시로는 콜로의 눈을 한 번 쳐다보고 난 후 고개를 끄덕였고 접혀 있는 종이를 조심스럽게 펴서 읽었다.

사랑하는 손자들아.

지금 이 종이를 펼쳐보았다는 것은 너희들이 환상적인 엔드랜드 안으로 들어왔다는 것이군. 그렇다면 내가 매일 너희들에게 말해주었던 엔드랜드의 비밀스러운 공간에 가기 위해서 반드시 해야 할 규칙들을 알려주지.

첫 번째는 엔드랜드 안에 있는 동물원에 가서 무서운 호랑이에게 직접 먹이를 주는 체험하기!

두 번째는 엔드랜드에서 가장 무섭고 타고 나면 온몸이 물에 흠 딱 젖어버리는 '썬더라이드' 타기! (단! 썬더라이드를 탈 때 엔드랜드의 지도를 반드시 들고 타도록!)

시로는 종이에 적혀 있는 글을 읽고 고개를 기울였다. 콜로도 그와 마찬가지로 눈을 빠르게 깜빡이며 말했다.

"호랑이한테 직접 먹이를 주고 엔드랜드에서 가장 무서운 놀이기구인 썬더라이드를 타라고? 별거 없는데?"

반면 시로는 종이에 적혀 있는 글을 읽고 두려움에 손을 떨기 시작했다. 하지만 그는 콜로에게 약한 모습을 보여주기 싫었기에 일부로 자신감 있는 척 당당하게 말했다.

"별거 없네! 어서 가자!"

콜로는 시로를 존경스러운 눈빛으로 바라보며 따라갔다.

"형은 놀이기구가 무섭지 않아?"

"뭐가 무서워. 아무것도 아니지."

두 형제는 지도 하나를 가지고 호랑이가 기다리고 있는 동물원으로 이동했다. 사람들이 개미 무리처럼 들끓고 있는 길을 한참 걷다가 얼마 지나지 않아 동물원 근처에 도착했다. 그곳에는 이미 많은 사람이 다양한 동물들을 보기 위해 몰려 있었다. 그때 호랑이 무늬가 그려진 모자를 쓰고 탐험가가 입을 듯한 연갈색 옷을 입은 한 남자가 소리쳤다.

"호랑이한테 직접 먹이를 줄 수 있는 체험을 진행하고 있습니다!"

콜로는 그 소리를 듣고 팔을 올려 말했다.

"저기를 봐! 호랑이한테 직접 먹이를 줄 수 있대!"

시로는 콜로가 가리킨 곳을 보고 겁이 나 몸이 떨려왔지만 마른침을 한 번 삼키고 아무렇지 않은 척 말했다.

"어서 저곳으로 가자!"

콜로는 호랑이 무늬가 그려진 옷과 모자를 쓰고 있는 사람에게 다가가 말했다.

"저희도 그 체험을 해볼 수 있나요?"

호랑이 무늬 모자를 쓰고 있는 사람은 활짝 웃으며 콜로와 시로를 내려다보았다.

"이곳에 줄을 서면 됩니다!"

콜로는 허리를 숙여 인사하고 그가 가리킨 곳에 가서 줄을 섰다. 호랑이한테 직접 먹이를 줄 수 있는 체험의 줄은 생각보다 길지 않았다. 콜로는 시로를 보고 말했다.

"그런데 할아버지께서 왜 호랑이한테 직접 먹이를 주라고 하신 걸까?"

시로는 잔뜩 겁에 질려 콜로의 말을 듣고도 대답하지 못했다. 콜로는 그가 아무 대답도 하지 않고 한 곳만 멍하니 보고 있자 얼굴을 가까이 들이밀었다.

"형?"

시로는 깜짝 놀란 듯 움찔거렸다.

"어? 그러게. 우리의 용감함을 시험하려고 하신 것 같아. 이제 얼마 남지 않았으니까 조금만 더 기다리자."

그때 두 형제 뒤로 위보와 그의 아버지가 모습을 보였다. 게슴츠레 눈을 뜬 위보는 콜로의 팔 길이만 한 소프트아이스크림을 들고 있었고 줄을 서고 있는 콜로를 보고 말했다.

"너 같은 겁쟁이가 이 무서운 체험을 하려고? 줄을 잘못 선 거 아니야?"

콜로는 주먹을 꽉 쥐고 말했다.

"아니거든? 우리 할아버지가….″

그때 시로는 황급히 콜로의 입을 막고 대신 말했다.

"네가 무슨 상관인데."

위보는 그들을 보고 비웃으며 들고 있는 아이스크림을 크게 베어 먹었다. 콜로는 윤기가 흐르고 있는 아이스크림을 보고 입안에서 침이 뿜어져 나왔다. 그때 호랑이 무늬 모자를 쓴 엔드랜드 직원이 밝게 웃으며 말했다.

"이제 이곳으로 오세요!"

콜로 형제와 위보 부자는 철창으로 둘러싸여 있는 거대한 자동차에 올라탔다. 그들이 올라탄 자동차도 호랑이 무늬로 뒤덮여 있었다. 곳곳에는 발톱으로 긁힌 것 같은 흔적도 보였다. 콜로는 차에 올라타자 기대감이 더 커졌고 시로는 너무 긴장해 속이 메스꺼웠다. 하지만 겁먹지 않은 척을 하기 위해 고개를 세차게 흔들었다. 위보는 콜로를 보며 무시하듯 말했다.

"콜로, 호랑이한테 한쪽 팔이 물어뜯기지 않게 조심해!"

그 말을 듣고 옆에 있던 위보 아버지가 소리쳤다.

"위보! 친구한테 그런 말을 하면 안 돼!"

위보는 좌석에 등을 기대며 말했다.

"알겠어요."

그때 차에 시동이 걸리며 심한 떨림과 함께 앞으로 출발했다. 운전석에 앉아 있는 엔드랜드 직원이 동화책을 읽듯 말했다.

"무시무시한 호랑이 굴에 오신 것을 환영합니다! 혹시 호랑이에게 먼저 직접 먹이를 주고 싶으신 분이 있나요?"

그가 말을 끝내자마자 위보가 토실토실한 팔을 뻗고 소리쳤다.

"저요!"

콜로도 말했다.

"저도요!"

호랑이 무늬 모자를 쓰고 있는 사람은 고개를 끄덕이면서 호랑이가 있는 장소를 향해 속도를 높여 이동했다. 얼마 지나지 않아 주변에는 거대한 바위들이 곳곳에 놓여 있었고 그 위에 호랑이가 귀찮다는 듯 엎드려서 들어오고 있는 그들을 바라보고 있었다. 다른 호랑이들은 어슬렁거리면서 자동차 뒤를 따라왔다.

그때 앞으로 나아가던 차가 멈추었고 엔드랜드 직원은 운전석 밑에 두었던 통을 꺼내 그 안에 들어 있는 뽀얀 생닭을 기다란 집게로 집고 말했다.

"누가 먼저 먹이를 주겠습니까?"

콜로는 손을 뻗어 집게를 받으려고 했다. 하지만 위보가 그의 손을 뿌리치고 먼저 집게를 잡으며 말했다.

"제가 먼저 해볼게요."

엔드랜드 직원은 둘 사이에서 멋쩍은 웃음을 지으며 창문을 열었다. 좁은 철창 틈으로 위보는 생닭 한 마리가 잡혀 있는 집게를 밖으로 내밀었다. 그러자 뒤따라오고 있던 호랑이들이 어슬렁거리며 가까이 다가왔다. 콜로는 다가오는 호랑이들을 보면서 말했다.

"가까이서 보니까 사진에서 본 것보다 더 멋있어요!"

반면 옆에 앉아 있는 시로는 겁에 질려 호랑이는 쳐다도 보지 못했고 손에서 땀이 멈추지 않고 나와 계속 바지에 닦아내야만 했다. 콜로는 창백해진 시로의 얼굴을 보고 말했다.

"형, 왜 그래?"

시로는 아무렇지 않은 척 억지로 양쪽 입꼬리를 올렸다.

"너무 더워서 땀이 나는 것뿐이야."

위보는 가까이 다가오는 호랑이 입에 집게를 내밀었고 호랑이는 날카로운 이빨과 깊은 터널 같은 목구멍을 보이며 입을 쩍 벌렸다. 콜로는 그 모습을 보고 덩달아 입을 크게 벌렸다. 위보는 먹이를 주고 난 후 말했다.

"이거 정말 재밌는데?"

운전석에 앉아 있는 엔드랜드 직원은 위보가 잡고 있던 집게를 다시 받아 말했다.

"이제 다음 사람은 누구죠?"

"저요!"

콜로는 자신감 있게 손을 들었고 마찬가지로 생닭이 들려 있는 집게를 밖에서 대기하고 있는 호랑이들을 향해 내밀었다. 그러자 자동차 위에 올라가 있던 호랑이가 입을 쩍 벌리며 잽싸게 생닭을 잡아챘다.

"대단해…."

콜로는 집게를 다시 운전석에 있는 직원에게 주며 말했다.

"형도 해볼 거지?"

시로는 격하게 손사래를 쳤다.

"네가 해봤으니까 나는 하지 않아도 돼."

시로의 표정을 본 위보가 콧방귀를 끼고 그를 노려보았다.

"혹시 겁먹은 거야?"

시로가 눈을 부릅뜨며 말했다.

"그런 거 아니거든!"

운전석에 앉아 있는 엔드랜드 직원은 이제 체험할 사람이 없다는 것을 확인한 후 다시 창문을 닫고 차를 움직였다. 잠시 뒤 그들은 줄을 섰던 곳으로 돌아왔다. 위보는 내리자마자 콜로를 보고 말했다.

"이제 만나지 말자. 나를 따라오면 안 돼."

콜로가 어이없다는 듯 그를 노려보며 말했다.

"그럴 일 없거든?"

위보와 그의 아버지는 콜로 형제와 멀어져 많은 인파 속으로 들어가 사라졌다. 콜로는 다시 할아버지가 주신 종이를 주머니에서 꺼내 보았다. 시로는 아직도 다리가 떨리는지 허벅지를 주무르고 있었다. 콜로는 그것도 모르고 활기차게 말했다.

"이제 우리는 썬더라이드로 가야 해. 이 놀이기구만 타면 할아버지가 말씀하신 비밀 장소로 갈 수 있어."

그들은 지도를 보며 썬더라이드가 있는 곳으로 이동했다. 썬더라이드는 여덟 명이 탈 수 있는 나무배 모양의 롤러코스터이고 운행 중에 물이 뿜어져 나오는 구간이 있어서 운이 좋지 않다면 옷이 흠뻑 젖을 수도 있는 놀이기구이다. 콜로는 썬더라이드에 가까이 오자 놀라서 입을 벌렸다. 마치 고급스러운 크루즈 배라도 본 것처럼.

"지도에 그려져 있는 것보다 더 짜릿하겠는데?"

시로는 놀이기구를 가까이에서 보더니 입술을 파르르 떨기 시작했고 조심스럽게 말했다.

"할아버지가 말씀하신 비밀 장소는 애초에 없는 거야. 그건 할아버지의 상상 속에만 있는 공간이라고. 썬더라이드는 굳이 타지 않아도 될 것 같아."

하지만 콜로는 이미 옆에 없었고 줄을 서서 빨리 오라는 듯 손짓을 하고 있었다. 시로는 어쩔 수 없이 콜로가 서 있는 곳으로 터벅터벅 걸어갔다. 한 시간쯤 지나자 그들의 차례가 다가왔다. 콜로는 기대에 찬 얼굴로 자리에 앉아 말했다.

"이것만 타면 할아버지가 말씀하신 비밀 장소에 갈 수 있을 거라고 믿어."

하지만 옆에 있는 시로는 겁에 질려 아무 대답도 하지 못했다. 곧이어 썬더라이드는 출발했고 높은 곳으로 천천히 올라가기 시작했다. 콜로는 설레는 마음에 높이 올라갈수록 미소가 점점 더 커졌다. 시로는 이미 등 전체가 땀으로 홀딱 젖어 있었다. 그때 콜로가 급하게 주머니를 만졌다.

"맞다! 할아버지께서 지도를 들고 타라고 하셨어!"

콜로는 지도를 꺼내 펼쳤다. 시로는 긴장하여 눈앞에 아무것도 보이지 않았다. 썬더라이드가 최고점에 오르자마자 주변에서 물이 뿜어져 나오며 순식간에 낙하했다. 콜로는 할아버지의 조언대로 지도를 놓치지 않으려고 꽉 잡았고 옆에 있던 시로는 썬더라이드가 높은 곳에서 빠르게 내려가자마자 정신을 잃고 그만 기절해 버렸다.

눈 깜짝할 새에 끝나버린 썬더라이드에 아쉬움을 느낀 콜로는 하얀 이빨이 다 보일 정도로 환하게 웃고 있었다. 반면 시로는 아직 깨어나지 못했다. 그때 콜로는 들고 있는 지도의 한 곳을 유심히 보더니 기절해 있는 시로의 어깨를 흔들어 대며 소리쳤다.

"지도에 이상한 그림이 생겼어!"

썬더라이드에서 튀긴 물이 지도에 닿자 왼쪽 구석에 소용돌이 모양의 그림이 생겨났다. 콜로는 알 수 없는 그림을 보고 놀라 시로를 마구 흔들었다. 시로는 방금 잠에서 깨어난 듯 비몽사몽 하며 콜로가 지도에 가리키고 있는 곳을 보았고 그도 소용돌이 모양이 지도에 생긴 것을 보고 소리쳤다.

"이건…! 할아버지가 말씀하신 비밀 공간이야!"

폐허가 되어버린 공간

 그들은 썬더라이드에서 황급히 내려와 지도에 나타난 소용돌이 모양이 있는 곳으로 움직였다. 시로는 마치 술에 잔뜩 취한 아저씨처럼 눈앞이 어지러워 똑바로 걷지 못했다. 콜로는 지도에 새로 나타난 소용돌이 그림이 무엇을 의미하는지 궁금했기에 천천히 걷고 있는 시로를 재촉했다. 그는 할아버지에게 매일 지루하도록 들었던 이야기가 실제로 존재하는 것이었다고 생각하니 온몸에 소름이 돋았다.
 "빨리 이곳으로 가보자!"
 콜로는 앞으로 걸어가면서도 시선을 지도에서 떼지 않았다. 그들이 소용돌이 모양이 생긴 위치로 가는데 사람들의 인적이 점점 줄어들었다. 뭔가 이상함을 느낀 콜로가 말했다.

"그런데 정말 이런 곳에 비밀 장소가 있을까?"

시로도 사람들이 점점 보이지 않고 주변에는 엔드랜드의 고요한 배경음악만 들려오자 주변을 두리번거렸다. 두 형제는 쉬지 않고 걸어 소용돌이 그림이 있는 곳까지 오게 되었다. 그런데 그들은 주변을 아무리 둘러보아도 비밀 공간으로 가는 문을 찾을 수 없었다. 당황한 콜로가 말했다.

"분명히 여기가 맞는데…."

콜로는 혹시나 해서 눈앞에 보이는 공용 화장실에 들어가 보았지만 평범한 화장실이었을 뿐 특별한 것이 있지 않았다. 시로는 지쳐버린 듯 힘없이 말했다.

"역시 비밀 장소 같은 건 없었어."

콜로는 다시 지도에서 빙글빙글 돌아가고 있는 소용돌이 모양을 가리키며 말했다.

"아니야. 이 모양이 생겼다는 것은 분명 어딘가에 할아버지가 말씀하신 비밀 공간이 있다는 거야."

콜로는 마치 길을 잃은 탐험가처럼 지도를 펼쳐 주변을 둘러보다 바로 앞에 거대한 술통처럼 생긴 쓰레기통을 가리켰다.

"혹시 이 쓰레기통 안으로 들어가면 비밀 공간으로 들어갈 수 있지 않을까?"

시로는 콜로의 말을 듣고 쓰레기통 속을 들여다보며 말했다.

"이건 그냥 평범한 쓰레기통이잖아."

콜로는 시로의 말을 듣고도 분명히 쓰레기통에 숨겨진 비밀이 있다고 생각하여 수영장에 들어가듯 그 안으로 쑥 들어갔다. 그 모습을 보고 시로가 소리쳤다.

"지금 뭐 하는 거야!"

콜로는 웃으면서 말했다.

"혹시 모르잖아."

콜로는 괜찮다는 듯 엄지를 들고 시로를 쳐다보았다. 그는 쓰레기통 안에서 한참 동안 몸을 구기며 앉아 있었다. 하지만 콜로가 쓰레기통 안에서 한참 동안 쪼그려 앉아 있어도 아무 일도 일어나지 않았다. 그 모습을 보고 시로가 포기한 듯 고개를 저으며 말했다.

"내가 말했지 그냥 쓰레기통일 뿐이라고."

콜로는 쓰레기통 속에서 다시 지도를 펼쳐보았다. 그는 주변에 비밀 공간으로 들어가는 문이 보이지 않아 오리처럼 입을 삐죽 내밀었다.

"그럼 도대체 어디로 들어가라는 거지?"

그때 멀리서 콜로와 시로를 향해 누군가가 소리쳤다.

"거기는 들어가면 안 됩니다! 어서 나오세요!"

콜로와 시로는 멀리서 달려오고 있는 사람의 소리에 깜짝 놀랐다. 콜로는 시로를 보고 말했다.

"이제 어떻게 하지?"

그 사람이 호랑이 무늬 모자를 쓰고 있는 것을 보니 엔드랜드 직원으로 보였다. 시로는 쓰레기통 안에 있는 콜로를 보고 말했다.

"지도에 생긴 소용돌이 모양은 우연히 생긴 거였어. 어서 저 사람을 따라 돌아가자."

콜로는 아쉬운 마음에 지도 속 그림을 보고 황급히 주변을 둘러보았다. 그때 멀리서 다급하게 달려오고 있는 엔드랜드 직원은 두 형제를 보며 소리쳤다.

"그곳에서 얼른 나오세요!"

그런데 콜로는 그의 말투가 무언가를 숨기고 있는 것 같다고 생각해 분명 주변에 비밀스러운 공간이 있다고 생각했다. 그는 눈을 부릅뜨고 주변을 둘러보았다. 바로 그때 콜로는 막다른 길에 있는 나무 벽 한쪽 구석에 소용돌이 그림을 발견했다. 그것은 지도에 나타난 것과 같은 소용돌이 모양이었다.

콜로는 나무 벽에 소용돌이 모양이 있는 것을 발견하고 시로의 어깨를 잡고 말했다.

"형! 저기를 봐. 지도에 있는 모양하고 똑같아!"

시로도 콜로가 가리킨 곳을 쳐다보고 흠칫 놀랐다. 콜로와 시로는 서로를 바라보며 고개를 끄덕였다. 잠시 뒤 시로가 침을 꿀꺽 삼킨 뒤 말했다.

"어서 저곳으로 뛰어!"

콜로와 시로는 동시에 소용돌이 모양이 있는 나무 벽을 향해 부리나케 달려갔다. 쫓아오는 엔드랜드 직원은 그들을 잡기 위해 두 팔을 올리며 소리쳤다.

"그곳으로 가면 안 돼요!"

하지만 콜로와 시로는 이미 비밀 공간으로 가려는 생각밖에 들지 않았다. 그들은 빠른 속도로 막혀 있는 나무 벽 앞에 왔다. 그런데 소용돌이 그림이 있는 벽에 문고리가 없어서 잠시 멈춰야만 했다.

"이제 어디로 가야 하지?"

시로는 뒤에서 엔드랜드 직원이 뛰어오는 것을 보고 눈동자를 빠르게 굴려 나무 벽을 살펴보았다. 그때 콜로는 나무 벽 한곳에 금이 가 있는 곳을 보았고 그 부분을 힘차게 밀었더니 덜컥 열렸다.

"이곳으로 들어가자!"

그들이 순식간에 문이 열린 곳으로 들어가자 놀이공원의 창고인 듯 다양한 물건들이 놓여 있었다. 콜로는 나무문을 닫고 말했다.

"이제 어디로 도망갈까?"

그런데 문을 닫고 뒤를 돌자 놀이공원 창고처럼 보였던 주변이 갑자기 알 수 없는 어두운 숲속으로 변해 있었다. 시로는 아무 말 없이 고개를 이리저리 돌렸고 콜로도 그와 마찬가지로 입을 벌린 채 떨리는 목소리로 말했다.

"이곳이 할아버지가 말씀하신 비밀 공간?"

"그…. 그런 것 같은데?"

콜로는 할아버지에게 들었던 비밀 공간과는 완전히 다른 모습에 당황했다. 지금 그들이 서 있는 곳의 하늘은 마치 투명한 물에 새까만 먹물을 잔뜩 부어버린 것처럼 어두웠다. 주변에 있는 나무의 나뭇가지는 마녀의 손가락처럼 뾰족하게 뻗어 있었다. 콜로가 떨리는 목소리로 말했다.

"할아버지가 말씀하셨던 것하고 완전히 다른데?"

시로도 말없이 주변 상황을 살펴보면서 무언가 잘못되었다는 것을 느꼈다. 그는 보랏빛으로 변한 입술을 파르르 떨며 말했다.

"우리가 들어왔던 문으로 다시 나가는 게 좋을 것 같아."

콜로도 그 생각에 동의하는 듯 고개를 격하게 끄덕이고 몸을 돌렸다. 하지만 그들이 들어왔던 문은 사라진 상태였다. 콜로는 방금까지 있었던 문을 찾기 위해 주변을 둘러보았지만 아무리 찾아도 그들이 들어왔던 나무문은 보이지 않았다.

"문이 없어졌어!"

콜로는 마치 놀이공원 안에서 부모를 잃어버린 아이처럼 울먹였다.

"이게 어떻게 된 일이야?"

시로도 심상치 않은 상황에 두 손으로 머리를 쥐어뜯었다. 그들은 어딘지도 모르는 어두운 공간에 갇히게 되면서 이도 저도 하지 못하는 상황에 놓였다.

그때 콜로는 먼 곳에서 말이 뛰어오는 소리가 점점 가까워지고 있는 것을 들었다. 그는 규칙적인 말의 발소리를 듣고 절망에 빠져 있는 시로를 보며 말했다.

"저곳에서 무슨 소리가 들려!"

시로는 가까이 오고 있는 그들에게 도움을 요청해야겠다는 생각에 소리가 나는 방향으로 다가갔다. 하지만 그들에게 오고 있는 새까만 말은 머리에 눈만 보이는 단단한 투구를 끼고 있었고 이마에 고깔 같은 뾰족한 뿔이 달려 있었다. 목덜미에는 풍성한 털을 흩날리고 있었다. 시로는 달려오는 말을 보고 께름칙한 느낌이 들어 뒷걸음질 쳤다.

"도망가는 게 좋을 것 같아!"

콜로와 시로는 그들 앞에 있는 좁은 길을 따라 뒤도 돌아보지 않고 도망치기 시작했다. 그러자 멀리서 다가오던 검은 말도 속도를 높였다. 콜로는 달려오는 말을 힐끗 보고 소리쳤다.

"우리를 도와주려 하는 건 절대 아닌 것 같아!"

시로도 숨을 헐떡거리며 말했다.

"내가 생각해도 그럴 것 같아!"

그들은 앞에 놓인 길을 따라 달렸지만, 뒤따라오고 있는 검은 말은 다리가 보이지 않을 정도로 빠르게 그들을 추격했다. 검은 말의 모습은 먹잇감을 노리고 있는 것처럼 눈을 치켜뜨고 있었다.

"살려주세요!"

콜로는 도움을 구하기 위해 크게 소리쳤다. 하지만 어둡고 으스스한 숲에서 아무 대답도 들려오지 않았고 그들은 어쩔 수 없이 앞으로 달려가야만 했다.

그때 콜로의 소리를 들었는지 갑자기 그들 앞에 알 수 없는 형체가 자신을 따라오라고 손짓했다. 너무 어두워서 그의 모습이 보이지 않았다. 콜로는 멀리서 그 손짓을 보고 말했다.

"따라오라는 것 같은데?"

시로는 다급하게 소리쳤다.

"일단 저 사람을 따라가자!"

콜로는 앞에서 손짓하는 형체가 자신을 도와주려 하는 것인지 아니면 잡아먹으려고 하는 것인지 몰랐지만, 뒤에서 따라오고 있는 검은 말의 먹잇감이 되지 않기 위해 그를 따라가야만 했다.

앞에 서 있던 형체는 콜로와 시로가 가까이 다가오자 길옆에 있는 작은 풀숲 안으로 다이빙하듯 뛰어들었고 두 형제도 그를 따라 풀숲으로 몸을 던졌다. 두 형제가 풀숲 안으로 들어오자마자 손짓한 형체는 두 손바닥으로 그들의 입을 틀어막았다.

콜로는 입을 막은 그의 손에 털이 복슬복슬하게 나 있는 것을 느꼈다. 그들이 있는 곳은 너무 어두워서 서로의 얼굴이 보이지 않았다. 시로는 입을 막고 있는 그의 팔을 잡았다. 하지만 두 형제의 입을 막고 있는 형체가 속삭였다.

"쉿! 지금은 가만히 있어야 해!"

그가 말하자 시로는 손을 떼려는 행동을 멈추었다. 콜로는 고개만 끄덕였다. 그들은 한참 동안 아무 소리도 내지 않고 풀숲 안에서 쥐 죽은 듯 가만히 앉아 있었다. 뒤따라오던 검은 말들은 풀숲에 숨어 있는 그들을 발견하지 못하고 그대로 길을 따라 앞으로 달려갔다. 잠시 뒤 콜로와 시로의 입을 막고 있던 형체가 말했다.

"저건 검은 회전목마야. 후각이 좋아서 미묘한 냄새는 잘 맞지만, 눈이 잘 보이지 않아서 이곳에 들어와 있으면 풀냄새와 섞여 들키지 않을 수 있어."

콜로와 시로는 동시에 고개를 끄덕였다. 이제 검은 회전목마의 모습이 사라지자 콜로와 시로의 입을 막고 있던 형체는 손을 내리고 말했다.

"잘 참았어."

콜로는 목숨을 구해준 그에게 감사 인사를 하기 위해 얼굴을 자세히 쳐다보았다. 그런데 콜로는 그의 얼굴을 보고 자신이 잘못 보고 있는 것은 아닌지 순간 고개를 뒤로 젖혔다. 시로는 표정을 찡그린 채 눈을 깜빡거리고 있었다. 콜로는 말을 더듬으며 소리쳤다.

"원…. 원숭이잖아!"

콜로가 크게 소리쳐서 그런지 앞에 앉아 있는 원숭이는 다시 콜로의 입에 집게손가락을 가져다 대며 말했다.

"아직 큰 소리를 내면 안 돼."

"미안해."

콜로와 시로 앞에 앉아 있는 원숭이의 털은 마치 노란 물감을 뒤덮은 것처럼 보였고 얼굴 부분만 동그랗게 하얀 털로 덮여 있었다.

◆ 폐허가 되어버린 공간

콜로는 원숭이의 우스꽝스러운 얼굴을 보고 터져 나오려는 웃음을 간신히 참았다. 노란 털로 뒤덮여 있는 원숭이가 그들에게 얼굴을 들이밀며 조용히 속삭였다.

"너희들은 왜 이곳에 온 거야."

콜로가 고개를 마구 저으며 말했다.

"우리 할아버지께서 엔드랜드 안에 숨겨진 공간이 있다고 말해 주셨어. 아주 환상적이고 행복만 넘쳐나는 공간이라고 하셨지. 그런데 들어와 보니까 할아버지가 말씀해 주신 것과는 완전히 반대였어."

노란 원숭이는 콜로의 말을 듣고 이마를 긁적였다. 시로는 원숭이를 보며 말했다.

"우리는 다시 밖으로 나가고 싶어."

원숭이는 시로의 말을 듣고 고개를 저었다.

"지금은 나갈 수 없어."

콜로가 망연자실한 표정을 지었다.

"왜?"

원숭이는 혹여나 주변에 누군가 있는지 고개를 불쑥 들어 주변을 보고 난 뒤 조용히 말했다.

"그 이유를 여기에서 말하면 시간이 오래 걸리니까 나를 따라와. 그곳에서 너희들이 밖으로 나가기 위해 어떻게 해야 하는지 알려줄게."

콜로가 몸을 돌리려는 노란 원숭이를 보고 말했다.

"내 이름은 콜로! 옆에 있는 이 사람은 나의 형 시로야."

노란 원숭이는 앞으로 가다 고개만 돌린 채 말했다.

"내 이름은 윙키."

콜로와 시로는 이곳이 어디인지 몰라 아직 두려웠지만 일단 앞에 있는 원숭이가 빠져나갈 방법을 알려준다고 했기에 그의 뒤를 쫓아갔다. 윙키는 두 팔로 땅을 짚어 날렵하게 움직였고 십 분도 채 지나지 않아 걸음을 멈추었다. 그는 콜로와 시로가 서 있는 곳으로 몸을 돌려 말했다.

"저기가 내가 사는 집이야."

콜로와 시로는 윙키가 가리키고 있는 곳으로 시선을 옮겼다. 뾰족한 나무들이 둘러싸고 있는 곳 중심에 작은 나무 오두막이 있었다. 그 오두막은 나뭇가지를 이어 대충 만든 것처럼 보였다. 윙키는 콜로와 시로가 고개를 끄덕이자 다시 움직였다. 콜로는 빠르게 이동하는 윙키를 보며 말했다.

"같이 가!"

잠시 뒤 두 형제는 윙키를 따라 조그마한 오두막 안으로 들어갔다. 오두막 안에 들어가자 곳곳에 작은 양초들이 놓여 있었고 그 위에 활활 타고 있는 촛불들이 내부를 밝히고 있었다. 한쪽 구석에는 나무를 베어 만들어진 듯한 침대와 책상도 놓여 있었다. 윙키는 그들이 오두막 안으로 들어오자마자 문을 닫고 말했다.

"잠시 앉아 있어."

콜로와 시로는 영문도 모른 채 노란 원숭이의 말을 듣고 앞에 있는 작은 책상 의자에 앉았다. 콜로가 앉자마자 의자는 금방이라도 부러질 듯 삐걱거리는 소리가 났다. 웡키는 그 모습을 보고 피식 웃으며 말했다.

"그 의자는 약해 보여도 부러지지 않으니까 안심해도 돼."

콜로는 다시 의자에 앉았다. 잠시 뒤 웡키는 콜로와 시로에게 바나나를 건네주었다.

"이걸 먹고 있으면 내 친구들이 올 거야."

웡키가 건네준 바나나의 색깔은 불에 바싹 태워버린 것처럼 까만색이었고 콜로와 시로는 웡키가 건네준 것을 보며 말했다.

"왜 우리한테 썩은 걸 주는 거야?"

웡키는 자신이 준 바나나를 이상하게 보고 있는 그들에게 말했다.

"한번 먹어보기나 해."

콜로는 뚱한 표정으로 조심스럽게 바나나 껍질을 벗겼다. 껍질을 벗기자 안에는 분홍빛을 띠고 있는 바나나 열매가 모습을 보였다. 콜로는 깜짝 놀라 말했다.

"이거 먹어도 되는 거 맞지?"

시로도 껍질을 까고 분홍빛을 띠고 있는 바나나 열매를 보고 난 후 쉽게 입속으로 가져다 대지 못했다. 웡키는 두 형제가 바나나를 먹지 않고 주저하자 답답한 듯 한숨을 쉬고 말했다.

"너희가 먹지 않으면 내가 먹는다?"

윙키는 콜로가 들고 있는 바나나를 잡아채 크게 베어 물었다. 그는 아주 맛있다는 듯 고개를 끄덕이며 입을 오물거렸다. 윙키가 특이하게 생긴 바나나를 한 입 먹자 그 주변으로 달콤한 향기가 순식간에 풍겼다. 콜로는 달콤한 향기가 콧속으로 빨려 들어오자 다급히 말했다.

"나도 먹어볼래!"

콜로는 태어나서 처음 보는 분홍빛 바나나를 베어 물었다. 그런데 정말 평범한 바나나보다 두 배 넘게 달았고 끝에는 상큼한 체리 향도 느낄 수 있었다.

"정말 맛있잖아!"

콜로는 마치 어린아이가 태어나서 처음 초콜릿 우유를 마셔본 것처럼 분홍빛 바나나 열매를 높이 치켜들었다. 아직 옆에서 먹지 않고 냄새만 맡고 있던 시로는 콜로의 격한 반응을 보고 아주 조금 베어 물었다. 윙키는 두 형제의 표정이 밝아진 것을 보고 팔짱을 낀 채 흐뭇한 표정을 지으며 말했다.

"어때, 내가 맛있다고 했지?"

콜로는 목이 떨어져 나갈 듯 고개를 끄덕였다. 그는 시로의 바나나를 한 입 뺏어 먹으려고 했는데 시로는 바나나를 벌써 다 먹어 치워 검은 껍질만 대롱대롱 들고 있었다. 윙키는 그들이 바나나를 다 먹자 껍질을 가져가며 말했다.

"이 껍질은 나중에 써야 할 곳이 있으니 내가 가져가도록 할게."

그때 나무 오두막 문이 삐걱거리며 열렸고 누군가 들어왔다. 웡키는 반가운 듯 오른손을 들고 말했다.

"어서 들어와!"

오두막 문이 열리자 콜로와 시로도 동시에 고개를 돌려 문을 쳐다보았다. 그런데 콜로 형제는 오두막 안으로 들어오는 거대한 호랑이를 보고 놀라 앉아 있던 의자에서 뒤로 자빠지고 말았다. 콜로는 두 손으로 심장을 부여잡았다.

오두막 안으로 들어오는 호랑이는 주황빛 털에 검은 점박이가 곳곳에 있었다. 그의 노란 눈동자는 마치 싸우러 나온 검투사처럼 용맹해 보였다. 콜로는 자신보다 몸집이 두 배나 더 큰 호랑이가 조그마한 오두막 안으로 들어오는 것을 보고 소리쳤다.

"호랑이잖아!"

콜로는 목숨의 위협을 느꼈는지 의자를 들고 오두막 끝으로 달려갔다. 시로도 콜로와 마찬가지로 몸에 불이라도 붙은 듯 순식간에 의자를 들고 콜로 옆으로 도망갔다. 그런데 오두막 안으로 들어온 호랑이도 콜로와 시로를 보자마자 깜짝 놀라 그 자리에 주저앉았고 묵직한 앞다리로 두 눈을 가렸다.

"웡키! 저 인간들은 뭐야!"

웡키는 양쪽에서 놀라 어쩔 줄 모르는 콜로 형제와 호랑이를 번갈아 보며 말했다.

"다들 진정해!"

콜로와 시로는 호랑이가 한 발자국이라도 다가온다면 의자를 던지겠다는 듯 어깨까지 들어 올린 채 가만히 서 있었다. 문 앞에서 주저앉은 호랑이는 몸을 오들오들 떨며 말했다.

"설마 저 인간들이 나를 해치려고 하는 거야?"

웡키는 떨고 있는 호랑이 앞으로 다가가 머리를 쓰다듬으며 말했다.

"타이랑, 저 인간들은 너를 해치지 않아!"

이후 웡키는 타이랑의 머리를 살포시 안아주었다. 타이랑은 두 눈을 가린 두꺼운 앞다리를 슬그머니 내려 반대편에 서 있는 콜로를 조심스럽게 쳐다보았다. 콜로는 호랑이의 용맹한 눈동자와 마주치자 침을 꼴깍 삼키고 말했다.

"우리를 잡아먹으려는 건 아니지?"

옆에 서 있던 시로도 소리쳤다.

"저 못생긴 노란 원숭이가 우리를 죽이려고 유인한 거였어!"

웡키는 입을 꾹 다물고 고개를 숙인 뒤 콜로 앞으로 천천히 다가가 말했다.

"저 호랑이는 겁이 많고 마음이 여려서 그 누구도 공격하지 않아. 너희들이 공격적으로 행동하면 타이랑은 무서워서 아무것도 하지 못한다고."

콜로는 마치 벌거벗은 채 냉장고 안에 들어와 있는 것처럼 아래

턱을 오들오들 떨며 소리쳤다.

"거짓말!"

윙키는 콜로가 들고 있는 나무 의자를 잡아 바닥에 내려놓았다. 그리고 그는 콜로와 시로의 어깨에 손을 올려 말했다.

"내 말을 믿어도 된다니까?"

거대한 몸집의 타이랑은 오두막 끝에서 떨고 있는 인간들이 자신을 보고 놀란 것을 알고 자리에서 일어나 두 형제가 서 있는 곳으로 천천히 다가갔다. 콜로는 어깨뼈를 들썩이며 가까이 다가오는 타이랑을 보고 겁에 질려 입에서 비명도 나오지 않았다. 윙키는 두 형제를 안심시키기 위해 어깨를 두드리고 있었다. 타이랑은 콜로 앞에 서서 입을 열었다. 호랑이의 입안에는 무엇이든 씹어버릴 것처럼 뾰족한 이빨이 보였다.

콜로와 시로는 허수아비처럼 움직이지 못하고 덜덜 떨고만 있었다. 콜로 앞에서 숨을 내쉬는 타이랑은 생긴 것과 다르게 주눅 든 표정으로 말했다.

"내가 너희들을 놀라게 했다면 사과할게. 미안해."

콜로는 사납게 생긴 호랑이의 입에서 나온 소리를 듣고 순간 당황했다.

"호랑이가 사람 말을 하네?"

타이랑은 겁에 질려 있는 두 형제를 보며 말했다.

"나 때문에 놀랐다면 다시 한번 사과할게. 내 사과를 받아줄 수 있어?"

시로는 아직 경계를 풀지 못한 듯 고개를 뒤로 젖힌 채 말했다.

"정말 우리를 잡아먹지 않을 거야?"

타이랑은 깜짝 놀라 고개를 저었다.

"그런 끔찍한 말은 제발 하지 말아줘."

시로는 정말 앞에 있는 호랑이의 눈동자가 심하게 떨리고 있는 것을 보고 이상하다는 듯 고개를 갸우뚱거렸다. 옆에 서 있는 콜로는 이미 경계가 완전히 풀린 듯 앞으로 나아가 말했다.

"나는 콜로야. 겉모습만 보고 판단해서 미안해."

"나는 타이랑. 윙키랑은 아주 오래전부터 친한 친구야."

윙키는 잠시 소란스러웠던 나무 오두막이 안정을 찾은 듯 조용해지자 말했다.

"이제 서로 인사를 나눴지?"

콜로와 시로는 언제 그랬냐는 듯 타이랑의 몸을 쓰다듬고 있었다. 타이랑은 그들이 몸을 쓰다듬어 주자 눈을 지그시 감았다. 윙키는 콜로가 방금 있었던 일을 잊어버린 것처럼 타이랑과 가까워지자 어이없다는 눈빛으로 그들을 쳐다보았다.

"일단 의자에 앉아. 아직 오지 않은 친구들도 있어."

콜로와 시로는 다시 의자에 앉았다. 진정을 찾은 타이랑도 책상 옆 바닥에 엎드렸다. 그때 오두막 한쪽에 있던 방문이 열렸다. 윙키는 열리는 문을 보고 말했다.

◆ 폐허가 되어버린 공간

"어서 와."

방 안에서는 알록달록한 물감을 뒤덮은 것처럼 온몸이 무지개색인 앵무새 한 마리가 모습을 드러냈다. 그 뒤에는 목이 콜로의 팔보다 짧은 기린도 보였다. 무지개색 앵무새는 앙칼진 목소리로 말했다.

"뭐야. 정말 인간들이 여기에 들어왔네?"

콜로는 앵무새의 모습을 보고 놀랐다. 알록달록한 앵무새의 한쪽 날개는 나무와 낡은 천으로 만들어진 날개였다. 시로는 기린의 목이 짧은 것을 보고 코를 벌렁거리며 웃음을 참고 있었다. 콜로는 자리에서 일어나 방에서 나온 앵무새와 목 짧은 기린 앞으로 먼저 다가갔다.

"안녕. 나는 콜로야."

그러자 무지개색 앵무새가 날개를 뻗으며 말했다.

"내 이름은 파버드야. 엔드랜드 안에서 가장 똑똑한 동물이라고 말할 수 있지."

옆에 서 있는 목 짧은 기린도 기다란 혀를 내밀어 코에 침을 바른 후 말했다.

"내 이름은 롱프."

파버드는 날개를 퍼덕이며 책상 위에 올라갔다. 웡키는 모두가 책상에 둘러앉자 두 손을 비비며 말했다.

"이곳에 들어온 인간들은 비밀의 문을 열고 온 것 같아. 나가는 문은 들어오자마자 사라졌다고 했어. 이건 분명히 그 녀석이 벌인 짓일 거야."

그 말을 듣고 콜로가 두 손으로 책상을 짚고 일어났다.

"그 녀석이 누군데?"

"아직 우리도 본 적 없어. 그렇지만 평화로웠던 이곳을 폐허로 만들어 버린 녀석이야. 아마 그 녀석에게 마음에 들지 않는 일이 생겨서 광장에 있는 시계를 멈춘 것 같아. 그 시계가 멈추면 밖으로 나갈 수 있는 문이 사라져 아무도 나갈 수 없거든."

시로가 책상을 치고 말했다.

"지금 당장 시계를 작동시키러 가면 되겠네!"

그때 파버드가 책상 위를 이리저리 걸어 다니며 말했다.

"그렇게 쉽게 생각하면 안 돼. 폐허가 돼버린 비밀 공간 안에 이미 저주받은 생명체들이 많이 숨어 있어. 잘못하면 목숨을 잃을 수 있다고."

콜로는 침착하게 숨을 내쉬고 난 뒤 말했다.

"그럼 우리가 시계탑으로 가기 위해선 어떻게 해야 해?"

목 짧은 기린 롱프가 혀를 날름거리고 말했다.

"파버드와 나는 방금 우리가 나온 연구실 안에서 저주를 풀 수 있는 약물을 만들고 있어. 약물만 만든다면 폐허가 되어버린 이곳을 다시 예전의 모습으로 되돌릴 수 있을 거야. 나도 저주 때문에 목이 짧아진 거야."

콜로는 책상 주변에 있는 동물들을 보며 말했다.

"그럼 너희들도…."

윙키가 고개를 끄덕거리며 말했다.

"맞아. 타이랑의 가족들은 이곳을 폐허로 만든 세력과 싸우다 안타깝게 모두 목숨을 잃었어. 그때부터 타이랑은 겁이 많아졌고 파버드도 그들의 공격으로 한쪽 날개가 사라져 버렸지. 내 몸에 있는 털도 온통 노란색으로 변해버렸어."

그때 시로가 자리에서 벌떡 일어나 말했다.

"그런 나쁜 녀석이 있다니!"

콜로는 파버드를 보고 말했다.

"혹시 네가 만들고 있는 약물들을 구경해 봐도 될까? 너무 궁금해서 못 참겠어."

파버드와 롱프는 잠시 서로를 쳐다보았고 무지개색 앵무새는 마지못해 둥근 부리를 끄덕거렸다.

"들어와도 상관없어. 하지만 연구실 안에 위험한 약물들도 많이 있으니까 최대한 조심스럽게 움직여야 해."

"당연하지!"

파버드는 책상 위에서 가볍게 뛰어내려 약물 연구실로 이동했다. 콜로와 시로는 기대에 찬 눈빛으로 그의 뒤를 따라갔다.

콜로의 실수

 파버드는 약물 연구실 안으로 들어가자마자 콜로 형제를 보고 말했다.
 "다시 말하지만, 이곳 안에선 아무거나 만지면 안 돼!"
 약물 연구실 안으로 들어가자 오른쪽 벽에 정체를 알 수 없는 화분이 나란히 놓여 있었고 그 앞에 연구실을 가득 채우는 기다란 책상 하나가 놓여 있었다. 책상 위에는 나무로 만들어진 듯한 컵과 그릇들이 마구 어질러져 있었다. 콜로는 연구실 안으로 들어서자 지금까지 한 번도 맡아보지 못한 지하창고 냄새가 콧속으로 들어와 순간 표정을 찡그렸다.
 "이 냄새는 뭐지?"

콜로의 구겨진 표정을 보고 파버드가 말했다.

"아마 처음 맡아볼 거야. 인간세계에 없는 재료들이 많이 있거든."

먼저 콜로는 벽 한쪽에 나란히 놓여 있는 화분 앞으로 다가갔다. 파버드는 콜로가 보고 있는 식물들을 보고 말했다.

"내가 키우고 있는 것들은 모두 약물을 만드는 데 사용되는 재료들이야."

파버드는 콜로 앞에 있는 갈색 나뭇잎 하나를 부리로 툭 떼어내 건네주었다.

"한번 먹어봐."

파버드가 건네준 나뭇잎은 마치 선선한 가을 길바닥에 떨어져 있는 낙엽처럼 바짝 말라 있었다.

"맛있는 거야?"

콜로는 나뭇잎을 이리저리 돌려보며 말했다. 파버드는 아무 대답 없이 고개만 끄덕였다. 콜로는 주저하지 않고 감자칩을 먹듯 입 안에 집어넣었고 바삭거리는 소리가 방안에 울려 퍼졌다. 파버드가 그 모습을 보고 말했다.

"그건 다크초콜릿 나뭇잎이야."

콜로 옆에서 시로는 마치 쓴 약을 먹은 듯 얼굴을 구겼다. 그의 표정을 보더니 파버드가 둥근 부리를 벌려 웃으며 말했다.

"너는 농도가 진한 다크초콜릿잎을 먹을 것 같네."

시로는 미간을 찌푸린 채 말했다.

"너무 써서 못 먹겠어."

시로는 한입 베어 물은 갈색 나뭇잎을 다시 파버드에게 건네주었다. 파버드는 그에게 건네받은 나뭇잎을 책상 위에 있는 나무 그릇 안에 넣었다.

"다크초콜릿잎은 엄청나게 쓰지만, 몸에 좋은 거니까 괜찮을 거야."

그 말에 시로는 찌푸렸던 얼굴을 다시 폈다. 파버드는 식물이 있는 곳에서 몸을 돌려 말했다.

"소개할 것들이 많으니까 어서 따라와."

파버드는 알고 있는 지식을 누군가에게 알려주는 것을 가장 좋아했으므로 아무것도 모르고 있는 콜로와 시로가 자신이 연구하는 약물에 호기심을 가지자 더욱 신이 났다.

콜로와 시로는 초콜릿 나뭇잎이 자라나는 식물을 보고 난 뒤, 마치 젤리 가게 안에 들어온 어린아이처럼 주변에 있는 다른 재료들을 신기하게 쳐다보며 연구실에 대한 호기심이 커졌다.

얼마 안 가 파버드는 다시 걸음을 멈추고 날개를 번쩍 들어 앞에 있는 거대한 냄비를 가리켰다.

"바로 이 냄비 안에 들어 있는 것이 폐허가 된 이곳의 저주를 풀기 위해 연구하고 있는 약물이야."

둥근 냄비 안에서 펄펄 끓고 있는 액체는 진득한 콧물을 넣고 끓이는 것처럼 초록빛을 띠고 끈적해 보였다. 콜로와 시로는 파버드가 가리키는 냄비 안의 액체를 보자마자 거부감이 들어 순간 뒷걸음질 쳤다. 콜로는 냄비 안에서 끓고 있는 괴상한 액체를 보며 말했다.

"냄비에는 도대체 뭐가 들어간 거야?"

콜로가 질문하자 파버드는 기다렸다는 듯이 말했다.

"아주 좋은 질문인데?"

시로는 냄비 안에 들어 있는 약물의 재료를 굳이 알고 싶진 않았지만 파버드가 설명하고 싶어 하는 듯한 모습을 보여 어쩔 수 없이 들어야만 했다.

"먼저 여기에는 잔디 맛 구슬아이스크림이 들어갔지!"

콜로와 시로는 동시에 양쪽 입꼬리를 내렸다. 파버드는 그들이 놀랄 것을 미리 알기라도 한 듯 미소를 보였다. 콜로는 믿을 수 없다는 듯 고개를 저으며 말했다.

"왜 그런 이상한 재료를 넣는 거야!"

파버드는 마치 선생님이 된 듯 고개를 치켜들고 말했다.

"인간들한테는 쓸모없을 수도 있겠지만 이곳 안에서 잔디 맛 구슬아이스크림은 몸에 좋은 보양식이야. 그리고 이 안에 여름에만 내리는 빗방울도 힘들게 모아서 넣었지. 반드시 여름에 내리는 빗방울이 들어가야 해."

콜로는 도저히 이해할 수 없다는 듯 계속 얼굴을 찌푸리고 있었다. 파버드는 초록색 괴물같이 생긴 액체를 휘젓기 위해 두 날개로 주걱을 잡았다. 이후 그는 냄비 안에 끓고 있는 약물만 바라보며 알고 있는 지식을 콜로와 시로에게 전부 말하기 시작했다.

"잘 들어봐. 지금 젓고 있는 신비의 약물은 무려 팔백 번이 넘도록 저어줘야 해. 반드시 시계 방향으로 돌려줘야 하고…."

콜로와 시로는 파버드가 계속 주걱을 저으며 설명하자 금방 지루함을 느껴 마치 사과 한 개가 통째로 입안에 들어갈 것처럼 크게 하품했다. 파버드가 주걱을 휘저으며 말하는 것에 온통 신경을 쏟고 있을 때 콜로는 뒤를 돌아 주변에 있는 다른 재료와 약물을 둘러보았다.

파버드는 콜로 형제가 설명을 잘 듣고 있다고 생각해 냄비 안에서 끓고 있는 약물만 보며 부리를 쉬지 않고 움직였다.

"한 가지 비밀을 말해주자면…. 아니야 이거는 말하지 않을게. 너희들에게 말했다가 내 기술이 모두 들통나 버리니까. 아니야 그래도 인간들은 이 재료를 찾지 못할 테니까 말해주도록 하지. 그러니까…."

이미 콜로는 파버드가 서 있는 곳에서 멀리 떨어져 다양한 재료들과 이미 만들어진 약물들을 구경하고 있었다.

그때 콜로는 앞에 있는 손바닥 크기의 둥근 냄비 속 보랏빛 약물을 유심히 쳐다보았다. 그 약물은 마치 진한 포도 주스 안에 반짝이는 가루를 섞어 넣은 것처럼 보였다. 콜로는 다른 재료들을 보고 있던 시로의 어깨를 툭툭 치며 보랏빛 약물을 가리켰다. 시로도 그가 가리키고 있는 것을 보자 신기한 듯 가까이 다가왔다. 콜로는 앞에 있는 약물을 보며 속삭였다.

"한번 먹어볼까?"

시로는 고개를 저으며 귓속말하듯 말했다.

"함부로 먹으면 안 돼!"

콜로는 입맛을 다지며 말했다.

"다크초콜릿 나뭇잎처럼 건강에 좋은 약물일 수도 있어."

콜로는 출렁거리고 있는 보랏빛 액체에 손을 가까이 가져다 댔다. 그러자 시로가 그의 손목을 잡고 마치 유령이 말하는 것처럼 속삭였다.

"그럼 파버드한테 가서 허락을 맡자."

콜로는 파버드를 쳐다보았다. 그는 아직도 콜로와 시로가 옆에서 자신의 설명을 열심히 듣고 있는 줄 알고 펄펄 끓고 있는 냄비만 보고 있었다.

"지금 파버드는 바쁘잖아. 아무 일도 일어나지 않을 거야."

시로는 콜로의 행동이 아무리 생각해도 위험해 보였다. 반면 콜로는 자신이 하려는 행동이 전혀 위험하다고 생각하지 않았고 오히려 보랏빛 액체에서 어떤 맛이 날지 궁금해 더는 참을 수 없었다. 시로는 침을 꿀떡이고 있는 콜로를 보며 말했다.

"그럼 손가락으로 찍어서 한 번만 먹어봐."

콜로는 시로의 말에 감탄한 듯 입을 동그랗게 모으고 고개를 끄덕였다. 이후 그는 새끼손가락을 뻗어 마치 수많은 별이 있는 밤하늘 같은 보랏빛 약물에 손가락을 가져다 댔다. 그때 냄비를 휘젓고 있던 파버드는 날갯짓을 멈추고 콜로와 시로가 설명을 잘 듣고 있는지 양옆을 보았다.

"내 설명 잘 들었지?"

그런데 양옆에 아무도 없고 저 끝에서 콜로가 보랏빛 약물에 손가락을 집어넣으려고 하는 것을 발견하자 주걱을 놓고 소리쳤다.

"당장 멈춰!"

보랏빛 약물이 들어 있는 냄비에 손가락을 집어넣으려던 콜로는 파버드의 큰 소리에 깜짝 놀라 냄비를 툭 건드리고 말았다. 냄비는 기울어져 바닥으로 떨어지려 했고 시로가 보랏빛 약물이 들어 있는 냄비가 깨지는 것을 막기 위해 몸을 던졌다. 파버드는 약물이 들어 있는 냄비가 바닥으로 떨어지는 것을 보며 양쪽 날개를 부리에 가져다 대고 소리쳤다.

"안 돼!"

시로가 몸을 던져 다행히 냄비는 깨지지 않았다. 하지만 냄비 안에 들어 있던 보랏빛 약물이 시로의 몸에 쏟아졌고 입을 벌리고 있던 그의 입안에 보랏빛 약물이 몇 방울 들어갔다. 시로는 냄비가 깨지지 않아 다행이라고 생각했다.

그런데 콜로는 냄비를 잡은 시로를 보고 급속냉동 시킨 참치처럼 움직이지 못했다. 자리에서 일어난 시로는 파버드를 보며 말했다.

"약물은 모두 쏟았지만, 냄비는 깨지지 않았어."

파버드도 귀신을 마주친 것처럼 시로를 보고 당황하여 움직이지 못했다. 시로는 콜로와 파버드가 똑같은 눈빛으로 자신을 쳐다보고 있자 둘을 이상하게 번갈아 보며 말했다.

"둘 다 왜 그런 눈빛으로 나를 보는 거야!"

콜로는 믿을 수 없다는 듯 눈을 마구 비비고 입을 열었다.

"펭…. 펭귄으로 변했어."

시로는 창백해진 콜로의 표정을 보며 말했다.

"뭐라고?"

보랏빛 약물을 몇 방울 삼켜버린 시로는 머리만 빼고 전부 통통한 펭귄의 몸으로 변해 있었다. 몸은 진한 남색이었고 배 부분만 하얀색이었다.

시로는 그들이 자신의 몸을 이상한 눈빛으로 훑어보자 두 손바닥을 올려 바라보았다. 시로는 사람의 손이 아닌 두꺼운 스키 장갑을 끼고 있는 것처럼 보이는 펭귄의 날개로 변해 있는 자신의 두 손을 보았다. 그는 자신의 모습을 보고도 믿기지 않아 책상 위에 있는 유리컵에 모습을 비춰 보았다. 그리고 그는 뒷걸음질 치며 소리를 내질렀다.

"이게 뭐야!"

시로가 오두막이 내려앉을 정도로 크게 소리치는 바람에 연구실 밖에 있던 웡키와 타이랑도 놀라서 방 안으로 들어왔다. 그들이 급하게 문을 열고 연구실 안으로 들어와 시로의 몸이 펭귄으로 변한 것을 보고 입을 벌렸다. 결국, 시로는 그 자리에서 기절해 쓰러졌다. 콜로는 쓰러진 시로 앞으로 달려가 소리쳤다.

"형! 괜찮아?"

시로는 받은 충격이 너무 컸는지 쉽게 깨어나지 못했다. 파버드는 놀란 마음을 달래고 간신히 몸을 움직이며 말했다.

"일단 침대로 가서 눕히자."

콜로는 펭귄의 몸으로 변해버린 시로를 등에 업고 연구실 밖으로 황급히 나갔다. 그는 오두막 구석에 있는 작은 나무 침대에 시로를 눕혔다. 콜로는 펭귄으로 변한 시로의 몸을 이리저리 만지며 다급하게 말했다.

"파버드! 다시 되돌릴 수 있는 거야?"

파버드는 텅텅 비어버린 냄비를 물고 나와 고개를 저었다. 콜로는 파버드의 날개를 붙잡고 무릎을 꿇었다.

"내가 잘못했어. 정말 되돌릴 방법이 없는 거야?"

파버드는 침대에 누워 있는 시로의 몸을 보며 말했다.

"되돌릴 수 있는 약은 있어."

콜로는 파버드의 날개를 더 강하게 잡고 말했다.

"어서 형의 원래 모습으로 돌려놔 줘!"

"되돌릴 수 있는 약이 있긴 한데, 그 재료가 지금 이곳에 없다는 거야. 시로가 먹어버린 약은 뿔 두 개 달린 유니콘의 뼛가루가 들어가야 하는데 그 희귀한 재료는 지금 연구실에 없어."

콜로는 파버드의 날개를 놓지 않고 말했다.

"그럼 내가 재료를 구해오면 되잖아."

그때 옆에서 롱프가 짧은 목을 불쑥 내밀며 말했다.

"그건 불가능해. 유니콘들은 폐허가 되어버린 이곳에서 모두 사라져 버렸거든."

콜로는 시로의 모습을 원래대로 되돌릴 수 없다는 말을 듣고 자리에 풀썩 주저앉았다. 그는 아직 깨어나지 않은 시로의 몸을 만지며 말했다.

"나 때문에 이렇게 변했어. 미안해."

그때 시로는 몸을 들썩였다. 콜로는 그를 보며 말했다.

"깨어난 거야?"

이후 시로는 악몽이라도 꾼 듯 갑자기 눈을 부릅뜨더니 재채기를 하기 시작했다. 그러자 그의 입에서 얼음 서리가 뿜어져 나와 천장에 달라붙었다. 콜로는 믿을 수 없는 광경을 보고 말했다.

"입에서 얼음이 나왔어…."

파버드는 예상했다는 듯 침착하게 말했다.

"그럴 줄 알았어. 보랏빛 물약을 먹으면 변해버린 동물에 맞는 능력도 생기거든."

깨어난 시로는 다시 자신의 몸을 보고 울먹거리며 소리쳤다.

"이게 뭐야! 다시 나를 되돌려줘!"

시로는 침대 위에서 마치 화난 어린아이처럼 발버둥 쳤다. 주변에 있는 동물들은 그저 그를 안타깝게 쳐다보았다. 흥분한 시로는 파버드를 보고 말했다.

"다시 원래 모습으로 돌아갈 수 있는 약을 가지고 와줘!"

콜로는 고개를 숙이고 조용히 말했다.

"지금 당장 돌아갈 방법은 없대."

"뭐라고? 다시 돌아갈 방법이 없다고?"

파버드가 아무 말 없이 곰곰이 생각하는가 싶더니 부리를 벌려 말했다.

"한 가지 방법이 더 있긴 해."

콜로는 다시 그의 날개를 잡았다. 파버드는 나무로 만들어진 날개가 부러질 수도 있어 콜로의 팔을 떼어내고 말했다.

"시계탑 광장에 멈춰 있는 시계를 다시 움직이게 한 다음 바깥세상으로 나가는 거야."

"어서 시계탑으로 가자!"

시로는 스스로 몸을 일으키기 위해 움직였다. 하지만 몸이 너무 두꺼워져서 그런지 쉽게 일어나지 못했다. 콜로는 혼자 일어나기 힘들어하는 시로를 보고 등을 밀어 몸을 일으켜 주었다.

그때 가만히 앉아 시로의 모습을 보고 있던 타이랑은 오두막 밖에서 나는 수상한 소리를 듣고 천천히 몸을 일으켜 창문 밖을 보았다. 그리고 그는 누군가 오두막 주변에 있는 것을 보고 소리쳤다.

"큰일 났어!"

침대 주변에 모여 있던 그들은 동시에 타이랑을 쳐다보았다.

"무슨 일인데?"

타이랑은 마치 할아버지의 머리카락처럼 새하얀 수염을 떨며 말했다.

"코르크들이 검은 회전목마를 타고 이곳으로 오는 것 같아."

타이랑의 말을 듣자마자 윙키와 파버드는 소스라치게 놀랐다. 침대에 있던 시로와 콜로는 그들이 무슨 말을 하고 있는지 몰라 어리둥절했다. 콜로는 동물들이 갑자기 당황해하는 모습을 보고 말했다.

"코르크가 뭔데?"

동물들은 콜로의 말에 아무도 대답하지 않고 다급하게 일어났다. 그때 윙키는 오두막 안을 밝히고 있던 촛불을 전부 끄고 앉아 있는 콜로와 시로의 팔을 잡으며 말했다.

"이곳에서 도망가야 해!"

용맹한 호랑이의 선택

그때 파버드는 코르크들이 오두막 가까이에 다가온 것을 보고 말했다.
"지금 도망가 봤자 금방 붙잡히고 말 거야. 모두 각자 자리에서 움직이지 말고 아무 소리도 내지 마. 코르크들은 눈이 잘 보이지 않기 때문에 아무 소리도 나지 않으면 다시 돌아갈 거야."
그때 윙키가 파버드를 보며 말했다.
"아니야. 지금이라도 도망쳐야 해!"
그때 오두막 밖에서 들려오는 말발굽 소리가 점점 가까워졌다. 시로는 일단 침대 밑으로 몸을 집어넣었다. 콜로는 창문 밑에 쪼그려 앉았다.

그때 콜로는 코르크들이 다가오면서 하는 소리를 들을 수 있었다. 두 명의 코르크 중 한 명은 망치를 들고 있었고 다른 한 명은 등에 활을 메고 있었다. 망치를 들고 있는 코르크가 오두막으로 다가오며 말했다.

"분명히 오두막 안에서 소리가 났단 말이야."

등에 활을 메고 있는 코르크가 말했다.

"무슨 소리 하는 거야. 시간 낭비하지 말고 가던 길이나 가자고."

그는 대수롭지 않게 생각하고 검은 회전목마의 머리를 가던 길 방향으로 돌렸다. 하지만 오두막을 계속 쳐다보며 인기척을 느낀 코르크는 움직이지 않고 말했다.

"분명히 내 귀에 소리가 들렸는데."

오른손에 망치를 쥐고 있는 코르크는 오두막 앞으로 다가오더니 창문으로 내부를 살펴보았다. 콜로는 벽 하나를 사이에 두고 서 있는 코르크의 숨결을 느끼자 온몸에 소름이 돋았고 두 손으로 입을 틀어막았다. 시로도 꼼짝하지 않고 가만히 있었다.

등에 활을 멘 코르크는 오두막 창문 앞에 서 있는 코르크를 보며 말했다.

"빨리 오라고!"

오두막 안을 훑어보고 있는 코르크는 고개를 갸우뚱하며 말했다.

"분명히 인간의 쌉싸름한 냄새도 맡았단 말이야. 안 그래?"

그러면서 그는 검은 회전목마의 오른쪽 옆구리를 발로 찼고 뾰족한 뿔이 달린 검은 말도 같은 생각인 듯 두 앞다리를 높이 들어 올렸다.

"이상하네."

결국, 콜로가 있는 오두막을 수상하게 쳐다보던 코르크도 가던 길을 가려 했다. 그는 앞에서 기다리고 있는 코르크를 보고 말했다.

"내 뛰어난 후각과 청각은 지금까지 한 번도 틀린 적이 없었는데."

기다리고 있던 활을 멘 코르크가 귀찮다는 듯이 말했다.

"너 같은 멍청한 녀석하고 같이 다니면 매일 시간만 낭비한다고."

"조용히 해."

검은 회전목마를 탄 두 코르크는 다시 가던 길을 가기 위해 나란히 섰다. 콜로는 얇은 벽 하나를 두고 서 있던 코르크의 소리가 점점 멀어지자 어떻게 생겼는지 보기 위해 고개를 불쑥 들어 창문으로 코르크들의 뒷모습을 바라보았다.

그런데 그때 오두막을 의심하던 코르크는 꺼림칙한 느낌이 들어 고개를 획 돌렸고 콜로와 눈이 딱 마주쳤다.

"인간이다!"

등에 활을 멘 코르크도 그 말을 듣고 황급히 오두막을 보았다. 콜로는 창문으로 그들이 돌아가는 모습을 보다가 갑자기 고개를 돌리자 깜짝 놀라 움직이지 못했다. 그때 망치를 쥐고 있던 코르크가 오두막을 보고 소리쳤다.

✦ 용맹한 호랑이의 선택

"오두막 안에 인간이 있다!"

코르크들은 말고삐를 강하게 당겨 오두막을 부숴버릴 정도로 힘차게 달려오기 시작했다. 웡키는 갑자기 코르크들의 소리가 커지자 자신들이 발각된 것을 알고 소리쳤다.

"어서 뒷문으로 나가!"

웡키는 먼저 연구실 바로 옆에 있는 작은 뒷문을 열어 오두막 안에 있는 친구들에게 나오라고 손짓했다. 타이랑은 마치 바닥에 깔린 카펫처럼 가만히 누워 있다가 웡키가 문을 열자 겁에 질려 먼저 달려 나갔다. 뒤이어 롱프도 뛰어나갔고 파버드는 날개를 빠르게 퍼덕이며 나갔다.

"콜로! 시로! 어서 나와야 해!"

침대 밑에 숨어 있던 시로는 커져버린 몸을 굴려 힘겹게 일어났고 뒤뚱거리면서 웡키가 열고 있는 문밖으로 나갔다. 콜로도 다급해진 웡키의 목소리를 듣고 밖으로 나갔다. 그때 코르크들이 타고 있던 검은 회전목마가 오두막을 들이박았고 허름한 나무 벽은 쉽게 무너져 내렸다.

"저기 노란 원숭이다!"

웡키를 발견한 코르크 중 한 명이 등에 메고 있는 활을 집어 웡키를 겨냥했다. 노란 원숭이는 잽싸게 오두막 뒷문을 닫아 간발의 차로 날아오는 화살을 막을 수 있었다. 오두막 안에 있던 콜로 형제와 동물들은 밖으로 나왔고 앞에 있는 길을 따라 도망치기 시작했다.

그런데 펭귄의 몸으로 변해버린 시로는 자기가 생각한 대로 몸이 따라주지 않자 점점 뒤로 밀려났다. 앞서 달려가던 타이랑은 힘들어하는 시로를 보고 뒤돌아 가 말했다.

"어서 내 등에 올라타!"

시로는 황급히 타이랑의 넓은 등에 올라타며 말했다.

"고마워."

타이랑의 등은 뻣뻣한 방석 위에 올라온 듯 편했다. 타이랑이 다리를 움직일 때마다 올라오는 어깨뼈의 느낌도 좋았다. 거대한 호랑이는 방금 뒷문으로 나온 콜로에게도 다가가 말했다.

"콜로! 너도 어서 내 등에 올라타! 우리는 속도를 높여야 해."

콜로도 타이랑 등에 올라타 떨어지지 않기 위해 시로의 둥근 허리를 감싸안았다. 그때 맨 앞에서 길쭉한 다리를 내디디며 달리던 롱프가 소리쳤다.

"이 길을 따라 계속 달리면 요정의 숲으로 가는 열기구가 나오니까 거기까지만 힘내서 도망가자!"

그때 그들 뒤에서 나무가 무너져 내리는 소리가 들려왔다. 코르크들은 콜로 형제와 동물들이 조금 전까지 있었던 오두막을 완전히 부숴버리고 뒤를 쫓아오기 시작했다. 코르크 중 한 명은 도망가고 있는 콜로의 뒷모습을 보며 말했다.

"조금만 기다려 금방 잡아줄게!"

옆에서 나란히 달리고 있는 코르크는 화살집에서 검은 화살을 한 손으로 꺼내더니 콜로의 머리를 겨냥했다. 활시위를 잡아당긴 코르크는 말했다.

"잘 가라."

화살은 빠른 속도로 콜로의 뒤통수를 향해 날아갔다. 그때 하늘 위에서 날고 있던 파버드가 소리쳤다.

"콜로! 고개를 숙여!"

앞만 보고 달리고 있던 타이랑은 뒤에서 화살이 날아오는 것을 직감적으로 알아챘고 몸을 살짝 틀었다. 그러자 콜로 뒷머리를 향해 날아오던 화살은 그의 왼쪽 뺨을 스치며 앞에 있는 나무에 꽂혔다.

콜로는 나무에 꽂힌 얇고 검은 화살을 보고 온몸에 소름이 돋았다. 콜로를 맞히지 못한 코르크는 타고 있는 검은 회전목마의 옆구리를 강하게 걷어차고 이를 악물며 말했다.

"저 꼬맹이 하나를 잡지 못하다니."

옆에서 망치를 쥐고 달리고 있는 코르크가 비아냥거리며 말했다.

"너는 훈련을 더 해야 할 것 같은데?"

콜로를 맞히지 못한 그는 망치를 쥐고 있는 코르크를 노려보며 말했다.

"그럼 네가 저 녀석의 머리를 맞혀보던가!"

옆에서 비웃고 있는 코르크는 오른손에 들려 있는 망치를 높이 올리고 말했다.

"미안하지만 나는 망치가 무기인걸?"

그리고 그는 콜로를 더 빠르게 쫓아가기 위해 허리를 숙였다. 활을 들고 있는 코르크도 분한 마음을 가라앉히고 콜로의 뒷모습에 시선을 고정한 후 검은 회전목마의 옆구리를 활로 쿡쿡 찔러 속도를 높였다.

"너희들은 이미 그물 안에 잡혀버린 물고기 신세야."

망치를 들고 있는 코르크는 입꼬리를 올렸고 활을 들고 있는 코르크는 소리쳤다.

"어차피 저곳으로 계속 가면 하얀 늑대들이 기다리고 있을 거야."

망치를 들고 있는 코르크는 입꼬리를 더 올리며 말했다.

"그럼 저 녀석들의 목숨은 곧 사라질 거라고 봐도 되겠군!"

두 코르크는 마치 거울로 자신의 모습을 보고 있는 것처럼 똑같은 표정을 짓고 서로를 바라보며 웃었다.

한편, 숨을 헐떡이며 도망가고 있는 타이랑과 동물들은 빠르게 쫓아오고 있는 코르크들의 소리를 듣고 몸이 더 떨려왔다. 콜로는 조금 전 왼쪽 뺨을 스치고 지나간 화살이 한 번 더 날아오는 것은 아닌지 계속 뒤를 쳐다보았다.

"저 녀석들 왜 이렇게 빠른 거야!"

하늘을 날고 있는 파버드는 코르크들과 점점 간격이 좁혀지는 것을 보며 말했다.

"조금 더 속도를 높여야 해!"

풍성한 털 사이로 땀을 흘리고 있는 타이랑은 마치 목마른 강아지처럼 혀를 입 밖으로 내밀고 침까지 흘려가며 말했다.

"내가 조금만 더 빠르게 달려볼게!"

젓가락처럼 기다랗고 얇은 다리를 움직여 달려가던 롱프는 아직 가야 할 거리가 많이 남았다고 느꼈기에 아무 말도 하지 않았다. 윙키도 뒤를 힐끗 쳐다보며 점점 가까워지는 코르크들을 보았다. 그때 윙키는 좋은 생각이 떠올라 타이랑 등에 올라타 있는 시로를 불렀다.

"시로!"

타이랑 등에서 떨어지지 않으려고 두 팔로 간신히 등을 붙잡고 있는 시로는 자신을 부르는 윙키를 보고 소리쳤다.

"무슨 일이야!"

윙키는 두 팔로 땅을 짚고 나아가면서 고개만 돌린 채 말했다.

"손바닥에 입김을 불어봐!"

시로는 정신 차릴 수 없는 긴박한 상황에서 윙키의 말을 듣고 소리쳤다.

"그게 무슨 말이야! 입김을 불라니!"

그때 시로의 머리 위에서 빠르게 날개를 퍼덕이고 있는 파버드가 소리쳤다.

"시로! 어서 윙키 말대로 해봐!"

"그럼 나는 타이랑 등에서 떨어진다고!"

시로는 빠르게 달리고 있는 호랑이의 등을 놓으면 바닥으로 굴러떨어져 검은 회전목마를 타고 있는 코르크에게 잡힐 것만 같았다. 윙키와 파버드가 계속 그를 보며 소리치는 동안에도 그는 호랑이의 몸을 놓지 못했다.

윙키는 검은 회전목마를 타고 있는 코르크와 거리가 더 좁혀지는 것을 힐끗 보고 크게 소리쳤다.

"시로! 이제 정말 시간이 없어! 내가 말한 대로 해봐!"

시로는 어쩔 수 없이 타이랑을 꽉 붙잡고 있던 짧은 두 팔을 뗐다. 뒤에 앉아 있던 콜로가 시로의 몸통을 잡으면서 떨어지지 않도록 했다. 시로는 다시 달려가는 윙키를 보고 말했다.

"내 손바닥에 입김을 불라고?"

"어서!"

시로는 어리둥절하며 마치 뜨거운 감자를 먹기 전 식히는 것처럼 입술을 오므려 손바닥에 입김을 불어 넣었다. 그러자 시로의 입에서 얼음 서리들이 뿜어져 나오기 시작했고 얼마 안 가 그의 손바닥에는 야구공 크기의 둥근 얼음덩어리가 만들어졌다. 입김을 불면 불수록 얼음덩어리는 점점 더 커졌다.

"윙키는 시로 손에 들려 있는 얼음덩어리를 보고 말했다."

"그걸 어서 나한테 건네줘!"

시로는 손바닥에서 점점 커지고 있는 얼음덩어리를 보고 놀라움을 감출 수 없었지만 웡키가 달라고 하는 소리를 듣고 웡키의 얼굴을 향해 볼링공을 굴리듯 살짝 던졌다.

"받아!"

웡키는 날아오는 얼음덩어리를 마치 동물원에서 사람이 던져주는 간식을 받아먹는 평범한 원숭이들처럼 두 손으로 잽싸게 낚아챘다. 이후 웡키는 단단한 얼음덩어리를 들고 뒤를 바라보며 말했다.

"이거나 먹어라!"

웡키는 돌덩이보다 더 단단한 얼음 뭉치를 쫓아오고 있는 코르크를 향해 힘껏 던졌고 활을 들고 있는 코르크의 검은 말 앞다리에 정통으로 맞았다. 얼음덩어리에 맞아버린 검은 회전목마는 다리를 헛디디며 그 자리에서 고꾸라지고 말았다. 활을 들고 있던 코르크도 검은 회전목마와 같이 바닥으로 굴러떨어졌다. 옆에서 망치를 들고 달리고 있던 코르크가 소리쳤다.

"그걸 맞으면 어떡해!"

그는 망치를 높이 들어 올리더니 얼음덩어리를 던진 웡키를 잡기 위해 빠르게 쫓아갔다. 넘어진 코르크는 다시 활을 들고 일어나 검은 회전목마의 몸통을 발로 걷어차며 말했다.

"고작 그거 맞고 넘어져? 어서 일어나!"

주먹만 한 얼음덩어리에 맞아 넘어져 버린 검은 말은 코르크의 발에 차이자 움찔거린 뒤 다시 황급히 일어났다. 코르크는 검은 회전목마 등에 다시 올라타며 말했다.

"빨리 저들을 쫓아가!"

그렇게 그들은 다시 앞서가고 있는 콜로를 쫓아갔다.

시로는 입에서 얼음이 나오는 것을 보고 신기한 듯 두 손바닥을 바라보고 있었다. 그는 방금 만들었던 것보다 더 큰 얼음덩어리를 만들어 달려가고 있는 웡키를 불렀다.

"웡키! 이것도 쫓아오고 있는 저 녀석한테 던져줘!"

시로는 들고 있는 얼음덩어리를 웡키에게 건네주었다. 웡키는 다시 두 손을 올려 날아오는 얼음덩어리를 잡아챘다.

"이거나 먹고 따라오지 마!"

웡키는 망치를 들고 있는 코르크를 향해 얼음덩어리를 강하게 던졌다. 얼음 뭉치는 마치 농구선수가 골대를 향해 공을 던진 것처럼 아까보다 더 묵직하게 날아갔다. 한 손에 망치를 쥐고 있는 코르크는 날아오는 얼음덩어리를 보고 말했다.

"내가 고작 그걸 맞고 넘어질 것 같아?"

코르크는 들고 있는 망치를 휘둘러 얼음덩어리를 내려쳤다. 얼음덩어리는 그 자리에서 산산조각이 나 깨진 유리 조각처럼 주변으로 흩어졌다. 달려가던 웡키는 코르크가 당연히 넘어졌다고 생각해 뒤를 돌아보았지만, 허리를 숙이며 다가오고 있는 그를 보고 당황했다.

"내가 던진 얼음덩어리가 어디로 간 거야!"

그때 넘어졌었던 코르크가 망치를 들고 있는 코르크 옆까지 쫓아와 말했다.

"어때, 빠르게 따라잡았지?"

망치를 꽉 쥐고 있는 코르크가 말했다.

"지금 그게 문제야? 저 녀석들을 잡으라고!"

하늘 위를 날고 있는 파버드는 롱프에게 소리쳤다.

"롱프! 열기구까지 얼마나 더 가야 하는 거야?"

숨을 거칠게 내쉬며 달리고 있던 목 짧은 기린 롱프가 말했다.

"이제 조금만 더 가면 돼. 열기구가 보이면 그걸 타고 요정들이 사는 숲으로 올라갈 수 있을 거야!"

그때 콜로는 앞을 보고 소리쳤다.

"저길 봐!"

도망치던 콜로와 동료들 앞에 갑자기 북극여우처럼 하얀 털로 뒤덮여 있는 늑대들이 어슬렁거리며 모습을 드러냈다. 많은 수의 늑대들은 침을 질질 흘리면서 그들을 둥글게 포위하기 시작했다. 롱프는 발걸음을 멈추고 말했다.

"젠장. 하얀 늑대들이 나타났어."

타이랑과 윙키도 앞에 나타난 하얀 짐승들을 보았다. 그들의 송곳니는 턱 아래까지 내려와 있었으며 하얀 눈동자를 치켜뜨며 콜로와 동료들을 잡아먹을 것처럼 노려보고 있었다. 뒤따라오던 코르크들은 하얀 늑대들이 앞을 막아서자 마치 기다리고 있던 친구를 만난 듯 반갑게 말했다.

"드디어 나왔구나!"

콜로와 동료들은 순간 어떻게 해야 할지 몰라 이도 저도 하지 못했다. 그때 화살을 들고 있던 코르크는 콜로가 가만히 멈춰 선 것을 보고 지금이 기회라고 생각했다. 그는 등에 있는 화살집에서 기다란 활을 꺼내 활시위를 당겼다. 콜로는 코르크가 활을 겨냥한 줄도 모르고 윙키를 보며 말했다.

"윙키, 이제 어떻게 해야 해!"

윙키도 당황한 듯 경직된 표정으로 대답했다.

"도망갈 수 없으면 저들과 싸워야 하는 수밖에 없어."

그곳에 있던 콜로 형제와 동물들은 윙키의 말을 듣고 놀랐다. 시로는 뒤에 서 있는 코르크의 모습을 자세히 보고 말했다.

"우리보고 저 못생긴 녀석들과 싸우라는 거야?"

그러자 망치를 들고 있는 코르크가 시로의 말을 듣고 소리쳤다.

"우리보고 방금 못생겼다고 말한 거야? 너의 몸을 망치로 뭉개 버릴 거야!"

그때 활시위를 당긴 코르크는 속삭였다.

"그래, 거기 가만히 있어라."

코르크는 활시위를 놓았고 마치 잘 깎인 연필 끝처럼 뾰족한 화살은 그의 손에서 빠져나가 콜로를 향해 날아갔다. 콜로는 자신에게 화살이 날아오는 것을 뒤늦게 보았지만 피하기엔 이미 늦었다. 그때 롱프가 뛰어올라 콜로를 향해 날아오는 검은 화살을 대신 맞아주었다. 그 모습을 본 동료들은 모두 놀라 소리쳤다.

"롱프!"

화살을 쏜 코르크는 콜로가 아닌 목 짧은 기린이 화살에 맞자 아쉬운 듯 타고 있는 검은 말의 옆구리를 걷어찼다.

"저 녀석은 뭐야!"

화살이 꽂힌 롱프는 고통스러운 듯 고개를 이리저리 움직이고 혀를 날름거렸다.

"이거 엄청나게 따갑네!"

콜로는 대신 화살을 맞아준 롱프 앞으로 다가가 말했다.

"롱프….'

롱프는 옆에 있는 콜로를 보면서 말했다.

"너는 밖에서 기다리고 있는 사람이 있잖아."

화살이 박힌 부위 주변으로 갈색 점박이 무늬가 사라지고 검게 물들기 시작했다. 콜로는 롱프를 보며 말했다.

"몸이 검은색으로 변하고 있어…."

롱프는 고통스러운 듯 계속 혀를 날름거리며 고개를 저었고 다리에도 힘이 들어가지 않는 듯 이리저리 버둥거리기만 했다. 그때 롱프의 몸에 화살이 꽂힌 것을 본 타이랑이 거칠게 숨을 내쉬기 시작하더니 조용히 말했다.

"내가 앞길을 열어줄 테니 너희들 모두 열기구로 뛰어가."

타이랑의 목소리는 지금까지의 겁이 많고 소심한 목소리와 전혀 달랐다. 지금 그는 굶주린 야생 호랑이처럼 아주 낮은 목소리로 변해 있었고 그의 눈매가 치켜 올라가 사나웠다. 웡키는 눈빛이 바뀐 타이랑을 보고 말했다.

"타이랑 너 혼자 이곳에서 싸우겠다는 거야?"

위에서 날고 있던 파버드가 말했다.

"그건 절대로 안 돼!"

눈을 치켜뜨고 있는 타이랑은 고개를 들어 올리더니 그 어떤 천둥 번개보다 더 우렁차게 울어댔다. 그 소리는 주변에 있던 모두가 타이랑의 울음소리를 듣고 주저앉을 정도로 거대했다. 타이랑은 다시 콜로를 바라보며 말했다.

"내가 앞길을 열어주면 길을 따라 뛰어가기만 하면 돼."

콜로는 지금까지의 모습과 완전히 달라진 타이랑의 두 눈빛을 보고 압도당해 말없이 고개만 끄덕였다.

"알…. 알겠어."

화살에 맞은 롱프의 온몸은 썩어버린 바나나 껍질처럼 검게 물들어 있었다. 타이랑의 눈에는 눈물이 글썽이고 있었다. 이후 그는 까마득한 하늘을 쳐다보고 우렁찬 울음소리를 내더니 길을 막고 있는 하얀 늑대들을 향해 거침없이 달려 나갔다. 타이랑 옆에 서 있던 콜로와 동료들은 그 기세에 눌려 호랑이의 모습을 지켜보고 있을 수밖에 없었다.

 하얀 늑대들은 마치 먹이를 찾은 바닷속 물고기들처럼 한꺼번에 달려들었다. 타이랑은 입을 벌리고 다가오는 하얀 늑대들의 몸통과 목을 순식간에 물어뜯었다. 얼마 지나지 않아 하얀 늑대들의 온몸은 붉은 피로 물들어 버렸다. 타이랑의 입 주변에도 늑대들의 피가 가득 묻어났다. 결국, 타이랑은 길을 막고 있던 하얀 늑대들을 순식간에 해치워 버렸다.

 "어서 도망가!"

 타이랑의 무서운 모습에 놀란 콜로는 그의 말을 듣고 방금까지 하얀 늑대들이 막고 있었던 길로 달려갔다. 시로와 동물들도 콜로 뒤를 따라 도망갔다. 그때 콜로는 고개를 돌려 소리쳤다.

 "롱프는 어떡해!"

 타이랑은 피가 잔뜩 묻어 있는 입을 벌려 말했다.

 "내가 코르크들을 빨리 해치우고 열기구로 갈게. 요정 숲으로 가면 롱프를 다시 치료할 방법이 있을 거야."

 타이랑은 도망가고 있는 동료들을 바라보다 등을 돌렸다. 그는 롱프의 몸에 화살을 쏜 코르크를 노려보았다. 두 명의 코르크들도 호랑이 한 마리가 주변을 포위하고 있던 있던 하얀 늑대들을 순식간에 해치우자 당황한 듯 한동안 움직이지 못했다. 그때 활을 들고 있는 코르크가 정신을 차린 후 소리쳤다.

"설마 너 혼자서 우리 둘을 죽일 수 있다고 생각하는 거야?"

타이랑은 아무 대답도 하지 않고 그저 거친 숨만 쉭쉭 내쉬며 그들을 쳐다보았다. 타이랑의 입에서는 늑대들의 피와 침이 섞여 흘러내리고 있었다.

타이랑은 코르크들이 점점 다가올수록 코를 씰룩거리며 언제든지 준비돼 있다는 표정을 보였다. 그때 활을 들고 있는 코르크는 두 개밖에 남지 않은 화살 중 하나를 꺼내 서 있는 타이랑의 몸통을 겨냥했다.

"이 화살 한 방이면 너도 저 기린처럼 금방 조용해질 거야."

타이랑은 그가 활시위를 당기고 있는 것을 보고 있는데도 두려움에 떨지 않았다. 오히려 코르크의 뾰족한 화살을 두 눈으로 쳐다보았다. 타이랑의 엄청난 기세에 뾰족한 활이 고개를 숙일 것만 같았다. 검은 말 위에 올라타 있는 코르크는 활시위를 놓았고 화살은 당당하게 서 있는 타이랑을 향해 날아갔다.

"이걸 맞고도 그 눈빛으로 쳐다볼 수 있는지 보자고."

화살이 날아오자 타이랑은 마치 산속에 있는 날다람쥐처럼 날렵하게 피한 후 코르크들이 있는 곳으로 달려갔다. 그들의 머리 위로 날아오른 타이랑은 먼저 코르크들이 타고 있는 검은 회전목마의 목을 물어뜯었다. 검은 말의 몸에서 새까만 피가 흘러나왔다.

"젠장…!"

결국, 쓰러져 버린 말 옆에 남은 두 명의 코르크들은 가지고 있는 무기를 들고 타이랑을 바라보았다. 타이랑은 잠시 숨을 헐떡이더니 망치를 들고 있는 코르크의 머리를 물어뜯기 위해 다시 뛰어올랐다.

그 모습은 마치 거대한 증기기관차가 바로 앞에서 달려오고 있는 것처럼 보였다. 코르크는 망치를 꽉 쥐고 타이랑의 머리를 향해 휘둘렀다. 타이랑은 그의 공격을 피하다가 그만 갈비뼈를 맞아버리고 말았다.

"억!"

하지만 타이랑은 아무 내색도 하지 않고 다시 망치를 들고 있는 코르크를 향해 달려가 그의 몸통을 물었다. 결국, 망치를 들고 있던 코르크는 죽어버린 듯 바닥에 쓰러져 움직이지 않았다.

그런데 옆에서 활을 들고 서 있던 코르크는 마지막으로 남은 활을 타이랑의 몸통을 향해 겨누고 쏘았다. 뾰족한 화살은 타이랑이 잠깐 방심한 틈에 날아가 몸통에 정통으로 꽂혔다. 활을 들고 있는 코르크는 주먹을 불끈 쥐었다.

"이거지!"

타이랑은 자신의 몸에 꽂힌 화살을 보고 숨을 더 헐떡거렸다. 그도 롱프처럼 화살을 맞은 부위로부터 피부가 점점 검게 물들어 갔다. 타이랑은 마지막으로 남은 힘을 쥐어짜서 활을 들고 있는 코르크를 향해 달려갔다. 호랑이의 용맹한 눈망울 속에 출렁이는 눈물이 맺혀 있었다. 타이랑은 코르크의 몸통을 물고 미치광이처럼 이리저리 흔들었다. 코르크는 외마디 비명도 지르지 못하고 쓰러져 버렸다.

　결국, 코르크들과 하얀 늑대들을 모두 해치워 버린 타이랑은 혼자 남아 절뚝거리며 주변을 둘러보았다. 타이랑의 눈도 점점 감겼고 숨소리는 더 거칠어졌다. 결국, 다리에 힘이 풀려 쓰러져 버린 그는 눈에 맺혀 있던 눈물을 흘리며 말했다.

　"어머니…. 저 용감한 호랑이 맞죠?"

　타이랑은 그 말과 함께 영원히 눈을 감게 되었다.

구름 위 요정 숲

타이랑이 늑대들을 헤치워 열어준 길로 도망친 콜로와 동료들은 얼마 가지 않아 눈앞에 거대한 열기구를 발견할 수 있었다. 열기구 옆에는 구름 위까지 뻗어 있는 두꺼운 나무 기둥이 있었다. 앞서 달려가던 콜로가 열기구를 보며 소리쳤다.

"열기구를 타고 위로 올라가면 되나 봐!"

열기구는 콜로 형제와 동물들이 간신히 몸을 집어넣을 수 있을 만큼의 좁은 공간이었고 왕관처럼 붉은색에 금색의 줄무늬가 수박처럼 칠해져 있었다. 윙키는 재빨리 열기구에 뛰어오르며 말했다.

"어서 이곳에 올라타!"

그런데 열기구 안으로 들어온 콜로는 윙키의 팔을 잡으면서 말했다.

"타이랑하고 롱프를 기다려야 하는 거 아니야?"

콜로는 아련한 눈빛으로 윙키를 바라보았고 윙키는 얕은 한숨을 내쉬며 말했다.

"우리 먼저 요정들이 있는 숲까지 올라가서 도움을 청하자."

콜로는 마지못해 고개를 끄덕이며 열기구 문을 닫았다. 콜로의 머리 위에서 날고 있던 파버드는 부리를 몸에 있는 깃털 속에 집어넣어 마구 뒤지더니 무언가를 꺼냈다. 그가 꺼낸 것은 콜로 손가락만 한 크기의 유리컵이었다. 그 안에는 붉은색 액체가 출렁거리고 있었다. 파버드는 오두막에서 도망치기 전 연구실에 있는 약물 몇 개를 급히 챙겼었다. 그는 유리병을 부리로 잡아 콜로에게 건넨 후 말했다.

"이걸 흔들면 불이 피어오를 거야."

콜로는 조그마한 유리병을 마구 흔들었다. 그러자 정말 유리병 안에서 마치 장작에 불이 피어오르는 듯 불꽃이 생겼다. 파버드는 그 불꽃을 보며 말했다.

"이제 뚜껑을 따서 열기구가 올라갈 수 있게 해줘."

콜로는 그의 말을 듣고 포도주 뚜껑처럼 생긴 유리병의 뚜껑을 잡고 빼냈다. 옆에 서 있는 시로는 뒤로 물러나며 말했다.

"너 설마 나한테 또 부어버리는 건 아니지?"

다행히 콜로는 뚜껑을 따고 불이 피어오르고 있는 유리병을 열기구의 불을 붙이는 곳에 가져다 댔다. 불이 순식간에 붙어 열기구는 풍선처럼 부풀어 올라 점점 위로 올라가기 시작했다.

"이제 유리병을 아무 곳에 던져!"

콜로는 그의 말대로 마치 연못에 돌을 던지듯 유리병을 아무 곳에 던졌다. 유리병은 바닥에 닿자마자 연기로 변해 공기 중으로 사라져 버렸다. 시로는 활활 타오르는 불길을 보면서 몸이 건조해지는 것을 느꼈고 입김을 몸 곳곳에 불어 차가운 온도를 유지했다.

"나한테 이런 능력이 생겼다니."

열기구는 점점 더 높이 올라갔다. 콜로는 타이랑과 롱프가 지금이라도 오지 않을까 계속 그들이 도망쳐온 길만 바라보았다.

"타이랑은 정말 괜찮겠지?"

열기구 끝자락에 있던 파버드가 콜로 어깨에 내려앉아 말했다.

"아까 용맹한 타이랑의 눈빛 봤지? 반드시 우리 곁으로 돌아올 거야."

열기구가 높이 올라가자 주변에 커 보였던 나무들의 정수리가 보였다. 불이 전부 꺼져버린 놀이기구들도 볼 수 있었다.

그때 윙키가 한 곳을 가리키며 떨리는 목소리로 말했다. 그의 손끝도 미세하게 떨리고 있었다.

"저…. 저기를 봐."

열기구에 타고 있는 그들은 윙키가 가리키고 있는 곳을 내려다보았다. 콜로는 윙키가 가리키고 있는 바닥을 보고 잠시 아무 말도 할 수 없었다. 그들은 하얀 늑대들의 사체가 바닥에 널브러져 있는 것을 보았다. 콜로는 끔찍한 모습을 보고 속삭였다.

"타이랑."

몸이 온통 검은색으로 변해 바닥에 힘없이 쓰러져 있는 타이랑의 모습도 보았다. 그의 몸도 썩어버린 바나나 껍질처럼 검게 물들어 있었다. 파버드는 사체가 널브러져 있는 까마득한 땅을 내려다보며 말했다.

"타이랑이 코르크들을 모두 죽였어."

콜로는 열기구에서 닭똥 같은 눈물을 뚝뚝 떨어뜨렸다.

"타이랑은 겁쟁이가 아니었어. 정말 용맹한 호랑이였다고. 롱프는 나 대신에 소중한 목숨을 바쳤어."

옆에 있던 윙키가 말했다.

"우리는 저 친구들을 영원히 기억해 줘야 해."

그들은 열기구에 올라 신기해하는 것도 잠시 쓰러져 있는 타이랑과 롱프를 보고 아무도 말을 내뱉지 않았다. 그들이 타고 있는 열기구는 불이 타오르는 소리만 내며 묵묵히 하늘 위로 올라갔다. 콜로는 열기구 안에 주저앉아 눈물을 닦아냈다.

잠시 뒤 열기구는 묵묵히 오르더니 구름 바로 밑까지 올라왔다. 그때 시로가 높은 곳에 올라와 겁을 먹고 자리에 쪼그려 앉아 눈을 가리며 말했다.

"이제 다 온 거야?"

콜로는 자리에서 일어나 까마득해진 땅을 보고 말했다.

"이제 구름까지 올라왔으니까 거의 다 온 것 같은데?"

파버드는 말없이 고개만 끄덕였다. 시로는 높은 곳에서 아래를 내려볼 때 몸이 떨리고 오줌이 나올 것만 같은 느낌이 들어 한 번도 바닥을 내려다보지 않았다. 그들은 점점 더 높이 올라 뿌연 구름으로 들어갔고 주변 시야가 잘 보이지 않았다. 시원하고 상쾌한 바람이 그들을 환영해 주었다.

"여기 공기는 정말 시원해!"

파버드는 두 팔을 벌리고 있는 콜로를 보며 말했다.

"조금 있으면 요정들이 사는 숲도 보일 거야."

시로는 몸을 덜덜 떨면서 말했다.

"어서 도착하게 해주세요."

구름 속으로 들어온 그들은 마치 하얀 솜뭉치 속에 들어와 있는 것처럼 보였고 얼마 지나지 않아 그들은 구름을 뚫고 위로 올라왔다. 파버드는 열기구가 구름 위로 올라오자 말했다.

"여기가 요정들이 사는 숲이야."

콜로는 구름 속 시원한 공기를 더 마시고 싶었지만, 열기구가 더 올라가면서 이제 구름은 발밑에 있었다. 그는 구름 위로 올라와 눈앞에 펼쳐진 풍경을 보자마자 입을 둥글게 벌려 감탄했다. 시로는 주변에 하얀 구름이 사라진 것을 보고 말했다.

"이제 땅이 보이지 않아? 일어나도 돼?"

콜로는 시로의 몸을 일으켜 주며 말했다.

"이제 안심해도 돼. 우리 밑에는 이제 하얀 구름밖에 보이지 않아. 어서 앞에 펼쳐진 풍경 좀 봐!"

열기구 안에 있는 콜로와 동료들은 구름 위에 있는 거대한 풀숲을 보았다. 요정들이 사는 숲은 마치 하얀 구름 위에 거대하고 둥근 녹차 아이스크림을 올려놓은 것처럼 보였다. 시로도 자리에서 일어나 요정 숲을 보고 입을 벌려 감탄했다.

"와…."

계속 올라가던 열기구는 구름 위까지 올라오자 멈추었고 요정들이 사는 숲을 향해 서서히 이동했다.

초록빛 거대한 풀숲 곳곳에는 반딧불이처럼 반짝이고 있는 요정들의 모습도 보였다. 알록달록한 열매도 요정 숲 곳곳에 매달려 있었다. 열기구가 거대한 숲이 있는 방향으로 가고 있던 그때 날개가 반짝이는 요정이 열기구가 있는 곳으로 날아왔다. 파버드는 날아오는 요정을 보며 말했다.

"요정이 이곳으로 오고 있어."

콜로는 손바닥 크기의 귀여운 요정에게서 한순간도 눈을 뗄 수가 없었다. 요정들의 날개는 나비처럼 화려해 보였고 날갯짓할 때마다 주변으로 반짝이는 꽃가루가 퍼져 나갔다. 콜로는 자신도 모르게 말이 튀어나왔다.

"예쁘다…."

요정들은 열기구가 있는 곳으로 가까이 다가와 입을 벌리고 있는 콜로를 보며 말했다.

"요정 숲에 오신 것을 환영합니다."

열기구 앞으로 다가온 요정 두 명의 목소리는 마치 하프 연주를 하는 것처럼 머리가 맑아지고 기분이 좋아졌다. 가까이에서 보니 두 요정의 얼굴은 귀여운 다람쥐와 닮았고 피부는 백옥 같았다. 콜로는 넋을 놓고 그녀들을 보고 있다가 시로가 한 대 툭 치자 졸음을 참다 깨어난 사람처럼 갑자기 말했다.

"안…. 안녕하세요!"

요정들은 열기구에 타고 있는 콜로 형제와 동물들의 모습을 보자마자 어떤 상황을 겪고 왔는지 이미 알고 있는 듯했다. 코가 빨간 요정이 말했다.

"제 이름은 래피예요."

래피 옆에서 날갯짓을 우아하게 하며 초록색 코를 씰룩이는 요정도 말했다.

"저는 초피예요. 저희는 쌍둥이예요. 비록 코 색깔은 다르지만."

그 말을 내뱉고 요정들은 서로를 바라보며 어린 소녀처럼 한 손으로 입을 가린 채 순수한 웃음을 지었다. 콜로는 요정들을 보며 조심스럽게 말했다.

"친구들이 코르크의 화살을 맞아 쓰러졌는데 혹시 구해주실 수 있나요?"

빨간 코를 가진 래피가 웃음을 멈추고 한동안 밑에 있는 구름을 쳐다보고 난 뒤 고개를 저으며 말했다.

"안타깝게 코르크의 활을 맞은 생명은 살려낼 수 없어요. 죄송해요."

콜로와 동료들은 래피의 말을 듣고 동시에 고개를 떨구었다. 콜로가 미안해하는 요정들을 바라보며 말했다.

"그 친구들은 아주 용감한 친구들이었어요."

요정이 콜로의 말을 듣고 말했다.

"여러분들의 용감한 친구들은 하늘 높이 올라가 편안하고 좋은 공간에서 여러분들을 응원해 줄 거예요."

완두콩처럼 생긴 초록색 코를 가진 초피는 열기구에 타고 있는 콜로를 보며 말했다.

"이제 저희가 사는 곳으로 초대할게요. 따라오세요."

열기구는 요정 숲 앞까지 가서 멈추었다. 콜로와 친구들은 요정 숲 안으로 들어가는 입구에 도착하자 열기구에서 내렸다. 콜로가 열기구에서 내리자 래피가 말했다.

"저를 따라오세요."

콜로는 요정 숲 안으로 들어서자 밖에서 보았던 것과 완전히 다른 내부 모습을 보고 마치 엔드랜드에 처음 들어왔을 때와 같은 경이로움을 느꼈다. 요정 숲 내부는 나이 많은 사슴의 뿔처럼 엄청나게 휘어져 있는 나뭇가지들로 모두 연결되어 있었는데 두꺼운 나

못가지 중간중간에 반짝이는 주머니가 달려 있었다.

콜로는 래피와 초피의 뒤를 쫓아가며 말했다.

"나뭇가지 중간에 달린 주머니에 요정들이 사는 건가요?"

래피가 미소를 지으며 말했다.

"맞아요."

콜로 형제와 동물들은 앞에 펼쳐진 나뭇가지 길을 따라 걸었다. 길은 좁은 골목길 같았다. 그때 콜로는 요정 숲 가장 꼭대기에서 반짝이고 있는 가장 큰 주머니를 보고 말했다.

"저 거대한 주머니 안에는 누가 사는 거예요?"

쌍둥이 요정들은 동시에 대답했다.

"우리 요정 숲의 수호신 수팰도우가 살고 계세요. 지금은 주무시고 있는 시간이라 아쉽게도 보실 수 없답니다."

콜로는 의아해하며 말했다.

"지금 잠을 자고 있다고요.?"

"네, 맞아요. 이곳에 사는 요정들은 전부 인간들보다 더 많은 잠을 자야 해요. 그래야 더 가벼운 몸으로 우아하게 날갯짓을 할 수 있거든요."

"그렇구나."

그때 시로가 궁금한 것이 있는데 지금이 기회라고 생각한 듯 주변을 두리번거리며 말했다.

"이곳에선 무엇을 먹고 사는 건가요? 먹을 게 보이지 않는데….."

래피가 수줍은 미소를 보이며 대답했다.

"저기를 보세요."

요정은 아주 조그마한 손가락으로 요정 숲 중심을 지탱해 주는 굵은 나무 기둥을 가리켰다. 시로는 아직도 의아하다는 듯 입을 삐죽 내밀었다.

"저 나무를 먹는 건가요?"

초피가 초록색 코를 들썩거리며 웃음을 지었다.

"인간들은 원래 재밌는 농담을 잘하나요?"

시로는 진지하게 말했다.

"농담이 아니라 정말 궁금해서 물어봤을 뿐이에요."

래피는 웃음을 멈추기 힘든 듯 손으로 살포시 입을 막으며 웃음을 지었다. 웃고 있는 래피 대신 초피가 대답했다.

"요정들은 땅에서부터 요정 숲까지 지탱해 주는 거대한 나무 기둥에서 나오는 물만 마시며 살아가요."

그 말을 듣고 시로는 표정을 찡그리며 말했다.

"물만 마시면서 산다고요? 정말 최악인데?"

"잠시 뒤에 신성한 물을 드릴 테니 한번 드셔보세요. 그럼 저희가 왜 나무에서 나오는 신비의 물을 먹는지 바로 이해할 수 있을 거예요."

요정들은 우아한 날갯짓을 하며 주머니 앞에 도착했다. 콜로는 길을 걸으면서 주변에 반딧불이처럼 반짝거리며 날고 있는 많은 요정과 눈인사를 나누었다. 그와 눈을 마주친 요정들은 모두 하나같이 순수한 미소를 지었다.

"이곳이 저희가 사는 집이에요."

콜로는 요정들의 집을 보자마자 친구들 모두가 들어가기에 좁을 것 같다는 생각을 했지만, 입 밖으로 꺼내지 않았다. 그때 시로가 요정들이 사는 주머니를 보고 말했다.

"우리가 들어가기에 너무 좁은 거 아니에요?"

래피가 아무렇지 않다는 듯 말했다.

"저희 둘이 사는 공간이라서 여러분들이 모두 들어간다면 비좁을 수 있습니다. 불편하시겠지만 여러분들을 이곳으로 초대하겠습니다."

윙키가 먼저 요정들이 사는 주머니 안으로 들어갔다. 윙키는 생각보다 넓은 내부를 보며 말했다.

"들어와 보니까 그렇게 좁지 않아!"

쌍둥이 요정들도 집 안으로 날아 들어왔고 뒤이어 콜로도 주머니 안으로 들어왔다. 윙키 말대로 요정의 집 내부는 밖에서 보았던 것보다 좁지 않았다. 파버드는 날개를 퍼덕이며 주변을 둘러보았.

콜로도 주머니 안에 들어오자 마치 산 꼭대기에 와 있는 것처럼 시원하고 기분 좋은 느낌을 받았다. 이곳에 들어오기를 꺼리던 시로도 마음에 드는지 뒤뚱거리면서 요정의 집 안을 한번 둘러보았다. 래피가 집 안으로 들어온 그들을 보며 말했다.

"좁아서 많이 불편하시죠?"

콜로가 손사래를 치며 말했다.

"아니에요. 이 정도면 충분해요."

"그렇게 말씀해 주신다니 감사합니다."

래피는 다시 콜로를 바라보며 순수한 웃음을 지었고 콜로는 요정의 아름다운 미소를 보고 양쪽 뺨이 붉게 달아올랐다. 요정의 집은 밖에서 보던 것처럼 반짝이는 거미줄 같은 실로 둘러싸여 있었다. 주머니 안에는 작은 침대 두 개가 놓여 있었고 그 외에는 아무것도 없었다.

"잠시만 기다려 주세요. 목을 축일 만한 물을 금방 가져다드릴게요."

래피는 집에서 나가 요정 숲 중앙에 있는 두꺼운 나무 기둥으로 향했다. 요정은 나무 사이사이에서 물이 흘러나오는 것을 들고 있는 둥근 바구니 안에 담고 다시 집으로 돌아왔다.

"신비의 물을 가지고 왔습니다. 모두 한 모금씩 마셔보세요."

요정들은 손가락 길이만 한 작은 컵에 가지고 온 물을 부어 콜로 형제와 동물들에게 나누어 주었다. 콜로는 조그마한 잔을 높이 들어 컵 안을 자세히 들여다보았다. 물 색깔은 소금을 탄 것처럼 흐릿했다. 시로는 납작한 두 팔로 컵을 받아 들며 말했다.

"이 정도 양으로는 간에 기별도 가지 않겠는걸?"

래피는 실망한 시로 옆으로 가까이 날아가 말했다.

"여러분들이 보기에 정말 적은 양이라고 생각하실 수 있습니다. 한번 마셔보시고 부족하다면 더 가지고 오겠습니다."

콜로는 잔을 이리저리 돌려 보고 난 후 컵에 입술을 가져다 대 꿀꺽 마셔버렸다. 옆에 있던 동료들도 적은 양의 물이었기에 한 번에 마셔버렸다. 물론 파버드는 부리로 쪼아 먹어야 했기에 한꺼번에 먹지 못했다. 콜로는 요정들이 나누어 준 조그마한 물병에 담긴 물을 마시자마자 두 눈이 밖으로 빠져나올 것처럼 동그랗게 커졌다.

"딸기우유보다 더 달잖아!"

그는 비어 있는 조그만 잔을 다시 보았다. 시로와 윙키도 래피가 가져다준 물을 마시자 저절로 입가에 미소가 지어졌다. 그들은 전부 지쳐 있던 몸이었는데 요정이 가져다준 신비의 물을 마시자 지금 당장 요정들처럼 하늘을 날 수 있을 것 같았다.

요정들은 콜로 형제와 동물들이 맛없어하는 것은 아닌지 걱정하면서 보았는데 모두가 만족하는 듯한 표정을 짓자 요정들도 덩달아 기분이 좋아진 듯 날갯짓이 더욱 빨라졌다. 쌍둥이 요정은 서로를 바라보며 순수한 미소를 지었다. 빨간 코 래피가 말했다.

"맛은 괜찮으세…."

시로는 래피의 말이 끝나기도 전에 납작학 두 팔을 양쪽으로 벌리고 새가 된 듯 위아래로 흔들며 대답했다.

"지금 당장 하늘을 날 수 있을 것만 같아요."

콜로도 시로의 말에 완전히 동의하는 듯 고개를 끄덕였다.

"다행이네요. 이제 이곳에서 충분히 쉬었다가 가세요."

그때 파버드가 요정들을 보며 말했다.

"혹시 시계탑 광장으로 빠르게 가는 방법을 알고 있나요?"

래피가 빨간 코를 만지작거리며 말했다.

"이곳에서 북쪽으로 이어져 있는 숲길로 간다면 빠르게 갈 수 있을 거예요."

콜로가 요정들의 말을 듣고 동료들을 보며 말했다.

"이곳에서 잠시 눈을 붙였다가 떠나는 건 어때?"

모두가 동의하는 듯 고개를 격하게 끄덕였고 윙키는 벌써 바닥에 누워 있었다. 시로는 윙키를 보며 말했다.

"아직 허락하기도 전에 누워버리면 어떡해."

쌍둥이 요정들은 아무렇지 않다는 듯 미소를 유지하며 말했다.

"괜찮습니다. 충분히 쉬다 가세요."

요정의 말을 들은 콜로도 서 있던 자리에서 힘이 풀린 듯 누워버렸다.

한편, 요정 숲 근처에 새로 나타난 코르크들은 앞서갔던 동료들이 호랑이에게 물려 죽어 있는 것을 발견했다. 은색 투구를 쓴 코르크가 말했다.

"고작 호랑이 한 마리와 싸우다가 죽어버린 거야?"

뿔이 달린 검은 회전목마 위에 타고 있는 두 명의 코르크들은 동료들의 처참한 상황을 잠시 보았다.

"멍청한 것들."

코르크들은 사체들이 널브러져 있는 곳을 지나 요정 숲으로 올라갈 수 있는 거대한 나무 기둥 앞에 도착했다. 투구를 쓴 코르크는 열기구가 없어진 것을 보고 말했다.

"분명히 코르크를 죽인 녀석들은 요정 숲으로 올라갔을 거야."

옆에 검은 두건으로 머리를 감싼 코르크가 말했다.

"그럼 우리도 보답을 해줘야겠지."

머리에 검은 두건을 감싼 코르크는 뒤를 돌아보며 소리쳤다.

"이제 너희들이 나서야 할 차례다!"

코르크의 소리를 듣고 숲속에 있던 나무 병정들이 하나둘씩 그들 앞으로 모여들었다. 나무 병정들의 몸 곳곳은 갈라지거나 썩어 녹색 곰팡이가 잔뜩 있었다. 그때 나무 병정 중 말을 할 수 있는 도트리무가 말했다.

"부르셨습니까!"

"도트리무! 우리는 북쪽에 있는 숲길 중간에 숨어 있을 테니 인간들이 그곳으로 도망칠 수 있게 요정 숲을 전부 불태워 버려! 그들을 없애버려도 좋다!"

나무 병정 도트리무는 삐거덕거리는 고개를 숙였다. 이후 그는 뒤에 말하지 못하는 나무 병정들을 보며 소리쳤다.

"너희들은 요정 숲으로 올라갈 수 있는 이 나무 기둥을 모조리 불태워야 한다!"

나무 병정들은 말없이 눈만 깜빡거렸다. 그들의 손에는 불이 활활 타오르고 있는 막대기가 하나씩 들려 있었다. 투구를 쓰고 있는 코르크는 도트리무를 보며 말했다.

"꾸물거리지 말고 어서 시작해!"

도트리무는 앞장서서 움직였다. 뒤에 있던 나무 병정들도 일렬로 줄을 맞춰 움직였다. 두건을 감싼 코르크가 소리쳤다.

"멍청한 녀석들아 더 빨리 움직이지 못해?"

앞서 걸어가던 도트리무는 그 말을 듣고 초조함을 느껴 요정 숲을 지탱하는 거대한 나무 앞까지 신속하게 다가갔다. 두 명의 코르크들은 나무가 무성해 앞이 보이지 않는 북쪽 숲길 속으로 들어갔다. 도트리무는 코르크들의 뒷모습을 보며 소리쳤다.

"반드시 임무를 완수하겠습니다!"

말을 타고 앞으로 가고 있는 코르크들은 도트리무의 말을 들은 체도 하지 않고 아무 대답 없이 앞으로 나아갔다. 도트리무는 주어진 임무를 완수하여 코르크들의 칭찬 한마디 듣는 것이 소원이었다. 그는 말하지 못하는 나무 병정들을 보고 소리쳤다.

"모두 자신의 몸에 불을 붙이도록!"

나무 병정들은 타오르고 있는 막대기를 몸에 가져다 댔다. 잠시 뒤 나무 병정들 몸에 순식간에 불이 붙어 몸 전체에 번졌다. 도트리무는 타오르는 나무 병정들을 보며 소리쳤다.

"이제 요정 숲 나무 기둥 위로 올라가!"

몸에 불이 붙은 나무 병정들은 요정 숲이 있는 거대한 나무 기둥에 붙어 기어오르기 시작했다. 천 년도 넘은 요정들의 나무에 불이 빠르게 옮겨붙었다. 도트리무는 나무가 불에 타오르는 것을 보고 미소를 지었다.

"코르크들한테 반드시 인정받고야 말겠어."

그런데 요정 숲으로 올라가는 기둥 옆에서 나무 병정 하나가 자신의 몸에 불을 붙이는 것을 주저하고 가만히 서 있었다. 도트리무는 그를 발견하고 가까이 다가가 소리쳤다.

"지금 뭐 하고 있는 거야!"

주저하는 나무 병정은 겁에 질린 듯한 표정으로 손을 떨고 있었다. 도트리무는 명령을 받아들이지 않은 나무 병정을 보고 불이 타오르고 있는 막대기를 뺏어 그의 얼굴에 직접 불을 붙였다. 그러자 나무 병정은 고통스러운 듯 눈꼬리가 내려가며 요정 숲 기둥으로 달려가 기어오르기 시작했다. 도트리무는 불이 붙은 막대기를 바닥에 집어 던지고 말했다.

"진작에 그럴 것이지."

도트리무도 요정들이 사는 숲속을 불바다로 만들기 위해 높이 뛰어올라 나무 기둥에 달라붙어 빠르게 올라갔다.

"코르크 님들 조금만 기다려 주세요!"

나무 병정의 횡포

콜로는 요정들이 사는 주머니 안에서 눈을 감았다. 그런데 그때 밖에서 한 요정이 다급하게 소리쳤다.

"모두 밖으로 나와보세요!"

그 요정은 아주 넓은 숲속 전체를 이리저리 돌아다니며 모두에게 들리도록 소리쳤다. 콜로는 눈을 감고 이제 막 선잠에 빠지려고 할 때 비몽사몽 한 상태로 일어나며 말했다.

"도대체 무슨 일이야?"

래피와 초피도 당황하여 쉬고 있는 콜로와 친구들을 보고 말했다.

"저희가 바깥 상황을 잠시 살펴보고 올게요."

쌍둥이 요정이 다급하게 주머니 밖으로 나가자 수많은 요정이 당황하여 이리저리 날아다니고 있었다. 래피와 초피는 심각해 보이는 상황을 보고 집 안으로 들어와 말했다.

"여러분들 어서 나와보세요!"

콜로와 친구들은 지금까지 우아하고 천천히 말하던 쌍둥이 요정의 말투가 완전히 바뀌었다는 것을 듣고 심상치 않은 일이 일어났다는 것을 알 수 있었다. 콜로는 요정들을 보며 말했다.

"도대체 무슨 일이에요?"

래피가 불안한 듯 주머니 안 이곳저곳을 돌아다니다가 멈춰서서 떨리는 목소리로 말했다.

"나무 기둥 밑에 거대한 불이 붙은 것 같아요."

래피의 말을 듣고 콜로뿐만 아니라 주머니 안에 있던 다른 친구들도 놀라 서로를 쳐다보았다. 그들은 일단 주머니 밖으로 나가보았고 정말 구름 밑에서 거뭇하고 쾨쾨한 구름이 숲으로 올라오고 있었다. 콜로는 밑에서 스멀스멀 올라오는 거뭇한 연기를 보고 말했다.

"코르크 무리가 나무에 불을 붙인 것 같아!"

조용하고 상쾌한 숲속에 살던 요정들은 이런 상황을 처음 겪어보았기에 모두 그 자리에서 섣불리 움직이지 못했다. 래피와 초피도 다른 요정들과 마찬가지로 불안함에 날개만 빠르게 움직이고 있었다.

그때 요정 숲 꼭대기에 매달려 있는 거대한 주머니 안에서 누군가 모습을 드러냈다. 얼굴은 거북이처럼 주름이 많았고 하얀 천을 온몸에 두르고 있었다. 대부분의 요정과 다른 특징은 몸보다 큰 날개를 가지고 있다는 것이었다. 래피와 초피는 밖으로 나온 그를 보고 말했다.

"수팰도우 님이 나오셨어!"

콜로는 요정 숲 수호자의 모습을 가만히 지켜보았다. 수팰도우가 밖으로 나오자 주변에서 방황하고 있던 요정들이 한순간에 그의 곁으로 날아가 지금 일어난 상황에 대해 말해주었다. 수팰도우는 요정들의 말을 듣고 고개를 한 번 끄덕였다.

그때 요정 숲을 지탱해 주는 거대한 나무 기둥이 크게 흔들리며 거대한 소리가 숲속에 울려 퍼졌다.

"쾅!"

그 충격으로 요정 숲 나뭇가지에 매달려 있던 요정의 집이 이리저리 흔들렸다. 마치 강한 바람 때문에 나무에 매달려 있던 열매가 격하게 흔들리는 것처럼 보였다. 콜로와 시로도 갑작스러운 충격에 하마터면 나무 아래로 떨어질 뻔했다.

요정들이 당황하고 있는 사이 매캐한 연기는 순식간에 요정 숲 안을 덮었다. 요정들은 천 년도 훌쩍 넘은 요정 숲의 나무 기둥이 타고 있는 것을 보며 새벽이슬같이 투명한 눈물을 떨어뜨렸다.

"어떡해. 우리의 보금자리가 타고 있어."

콜로는 마치 어린아이가 방금 산 아이스크림을 바닥에 떨어뜨린 것처럼 서럽게 우는 요정들을 보고 이대로 가만히 있으면 안 되겠다고 생각해 말했다.

"요정 숲에 올라오는 불길을 우리가 막아보자!"

그때 요정 숲 꼭대기에서 모습을 드러낸 수팰도우는 숲속에 있는 요정 모두가 들리도록 소리쳤다. 콜로는 그의 비약한 몸에서 우렁찬 소리가 나오자 순간 놀라며 그를 쳐다보았다.

"요정 숲 군사들이여! 모두 모이도록!"

수팰도우가 단호함이 섞인 소리로 말하자 요정 숲 곳곳에 있던 요정 군사들이 날개를 빠르게 움직이며 순식간에 모여들었다. 그들의 날개는 일반 요정들보다 더 날카로웠다. 수팰도우는 그들을 보며 말했다.

"누가 감히 우리 신성한 숲에 불을 붙인 건가!"

요정 숲 군사 중 한 명이 말했다.

"코르크의 행동이 분명합니다."

"그 어리석은 녀석들의 횡포를 어서 막아야 할 것 같구나. 이대로 가다간 매캐한 연기 때문에 요정들이 고통받을 거야."

수팰도우 앞에 모여든 요정 군사들은 동시에 고개를 들어 올리며 대답했다.

"네! 알겠습니다!"

수호자의 말이 끝나자 요정 숲 군사 중 몇몇은 구름 밑으로 내려갔다. 그들은 나무 기둥 아래에서부터 기어 올라오고 있는 나무 병정들을 발견하고 그들의 횡포를 막기 위해 더 빠르게 날갯짓을 해대며 날아갔다. 그때 콜로는 두 손을 입에 모아 요정 숲 꼭대기에 있는 수호자를 향해 소리쳤다.

"혹시 저희가 도울 방법은 없을까요!"

요정 숲 꼭대기에서 있던 수팰도우는 고개를 내려 콜로를 보았고 그는 인간이 이곳에 있는 것을 보고 잠깐 당황한 듯 보였다. 그리고 그는 콜로가 서 있는 곳으로 천천히 날아왔다.

"우리 마을을 지키는 데 힘을 써준다면 고맙겠군."

수팰도우는 손가락을 동그랗게 말아 입에 가져다 대고 휘파람을 불었다. 몇 초도 지나지 않아 콜로 앞에 유니콘처럼 양쪽에 천사의 날개가 달린 하얀 말들이 콜로와 친구들의 인원수만큼 도착했다. 하얀 말의 이마에는 고깔처럼 하얀 생긴 뿔이 달려 있었다. 수호자는 콜로를 보며 말했다.

"이 친구들은 예전에 인기가 아주 많았던 회전목마들이네. 이 새하얀 회전목마를 탄다면 날개가 없어도 땅으로 떨어질 일은 없네."

시로는 벌써 양쪽 손바닥에 둥근 얼음덩어리를 만들어 놓은 채 말했다.

"그럼 어서 움직여 볼까?"

그때 다시 '쿵' 하는 소리와 함께 요정 숲 나뭇가지에 매달려 있는 요정들의 주머니들이 격하게 흔들렸다. 울먹이고 있는 요정 래피는 흔들리고 있는 집을 보며 말했다.

"우리의 집들이 바닥으로 떨어질 것 같아요!"

콜로는 요정들이 숲 꼭대기에 모여 눈물을 흘리고 있는 모습을 보고 더 신속하게 움직여야 할 것 같다고 생각해 앞에서 날개를 펄럭이고 있는 하얀 말에 올라타 부드럽게 목을 쓰다듬으며 말했다.

"잘 부탁할게."

새하얀 말은 콜로의 말을 듣고 마치 자신만 믿으라는 듯 앞 다리를 힘차게 움직이며 구름 밑으로 내려가기 시작했다. 요정들은 모두 요정 숲 위쪽에 모여 검은 연기가 마을을 온통 뒤덮는 것은 아닌지 몸을 떨었다.

한편, 나무 기둥에 붙은 도트리무는 나무 병정들이 나무 위로 기어 올라가는 속도가 마음에 들지 않는 듯 그들을 보며 소리쳤다.

"더 빠르게 올라가!"

도트리무도 더 속도를 높였다. 요정 숲으로 기어 올라가는 나무 기둥의 밑부분은 불에 타버린 성냥개비처럼 검게 그을려 있었다. 몇몇 나무 병정들은 나무 위로 기어오르다 검게 타버려 바닥으로 힘없이 떨어졌다. 그때 도트리무는 구름 밑으로 내려온 요정들을 발견하고 비웃으며 말했다.

"드디어 나오셨군."

구름 밑으로 내려온 요정 숲 군사들은 나무 주변의 검은 연기가 생각보다 심각하게 덮여 있어 순간 당황한 듯 보였다. 요정들은 불이 빠르게 번지는 것을 최대한 막아보기 위해 밑으로 내려가 날갯짓으로 불을 진압해 보려 했다. 하지만 타오르고 있는 불길은 요정들의 날갯짓으로는 꺼지지 않을 만큼 몸집이 커져 있었고 검은 연기 때문에 숨도 제대로 쉴 수 없어 신속하게 움직일 수 없었다.

그 틈을 타 도트리무와 나무 병정들은 구름을 통과해 요정들이 있는 숲속에 더 가까워졌다. 요정 숲 군사와 숲속에 있는 수많은 요정은 검은 연기 때문에 나무 병정들이 높은 곳까지 올라와 있는 것을 아직 발견하지 못했다.

도트리무는 요정 숲 내부의 모습이 보이자 말했다.

"이곳을 전부 불바다로 만들어 주겠어."

결국, 도트리무의 뒤를 따라 올라오던 나무 병정들도 구름을 뚫고 요정 숲까지 올라오고 말았다. 숲으로 들어온 도트리무를 발견한 래피가 소리쳤다.

"저기! 나무 병정들이 여기까지 올라왔어요!"

요정들은 도트리무를 보고, 서로를 보며 울음을 터트렸다. 도트리무는 요정 숲 위로 올라오자마자 등에 메고 있던 칼집에서 나무 칼을 빼내 들었고 기어오르는 나무 병정들을 보며 소리쳤다.

"모두 불바다로 만들어 버려!"

몸에 불이 붙은 나무 병정들은 도트리무의 말을 듣자마자 사방으로 달려 나가면서 요정 숲 곳곳에 불을 옮겼다. 몸에 불이 타오르고 있는 나무 병정들은 몸이 검게 타버리며 서서히 구름 밑으로 힘없이 추락했다. 그때 하얀 회전목마를 타고 있는 콜로가 도트리무 앞에 다가섰다.

"그만해!"

도트리무는 요정 숲 나뭇가지 위를 걷고 있다가 콜로를 발견하고 칼을 겨누며 말했다.

"그래! 코르크 님들이 찾고 있는 인간이 너였구나!"

도트리무는 콜로 옆에 있는 시로를 보고 크게 웃음을 터트렸다.

"뭐야! 저 녀석의 몸은 펭귄인데 얼굴은 인간이잖아!"

시로는 자신을 보며 얄미운 웃음소리로 웃기 시작한 도트리무를 보고 말했다.

"과연 이걸 맞고도 웃음이 나올까?"

시로는 입김을 불어 만들어 낸 얼음덩어리를 도트리무의 얼굴을 향해 힘껏 던졌다. 도트리무는 자신을 향해 날아오는 얼음덩어리를 보고 고개만 까딱 움직여 쉽게 피했다.

"고작 얼음덩어리 하나로 나를 떨어뜨리려 하는 거야?"

시로는 계속 약 올리는 도트리무를 노려보며 말했다.

"너도 다른 나무 병정들하고 똑같이 구름 밑으로 떨어뜨려 줄게."

도트리무는 자신이 들고 있는 나무로 만들어진 칼을 이리저리 보며 말했다.

"그전에 네가 타고 있는 하얀 회전목마가 내 칼에 찔려 구름 아래로 떨어질 것 같은데?"

그때 몸에서 불이 활활 타오르고 있는 나무 병정은 높게 뛰어올라 콜로가 타고 있는 하얀 말에 달라붙으려 했다. 하얀 회전목마는 주변에 뜨거운 온도를 느끼자 황급히 다리를 움직이며 불이 붙은 나무 병정을 피했다. 콜로를 향해 뛰어오른 나무 병정은 그대로 구름 밑으로 떨어져 산산조각이 났다. 도트리무는 바닥으로 떨어진 나무 병정을 보고 한심하다는 듯 말했다.

"멍청한 녀석. 내가 일부러 시선을 끌고 있었는데!"

콜로는 도트리무를 보며 말했다.

"어떻게 친구가 밑으로 떨어졌는데 그런 말을 할 수가 있지?"

"친구? 말도 못 하는 나무 병정들은 처음부터 버려져야 하는 쓸모없는 녀석들이라고! 내가 여기에서 사용해 주는 것만으로 고마워해야지."

"뭐라고?"

그때 폭죽이 터진 듯 거대한 소리가 요정 숲 안에 울려 퍼지며 나뭇가지들이 크게 흔들렸다. 검은 연기를 너무 많이 마신 듯한 요정 중 몇몇은 날개를 움직이지 못해 구름 밑으로 떨어졌다. 구름 아래로 떨어지는 요정들을 보고 래피와 초피는 울부짖었다.

"안 돼! 친구들이 위독한 연기를 너무 많이 마시고 있어!"

래피는 처참해지는 요정 숲 안을 보며 말했다.

"올라오고 있는 나무 병정들의 수가 너무 많아. 요정 숲을 지키는 요정 군사들의 숫자는 저들을 막아내기에 턱없이 부족하다고!"

콜로는 요정들의 말을 듣고 친구들을 보며 말했다.

"여기는 내가 해결할 테니 모두 구름 아래로 가서 올라오고 있는 나무 병정들을 막아줘. 일단 나무 기둥이 불에 타는 것을 막아야 할 것 같아!"

숨을 잘 쉬지 못하고 있는 파버드가 고개를 숙인 채 기침을 해대고 힘겹게 날갯짓하며 말했다.

"콜로 말이 맞아. 어서 구름 밑으로 가서 올라오고 있는 나무 병정들을 막자!"

그렇게 요정 숲에는 콜로와 몇몇 요정 숲 군사들만 남았고 나머지 동료들은 올라오고 있는 불길을 막기 위해 구름 아래로 내려갔다. 도트리무는 나뭇가지 위를 달리며 매달려 있는 요정들의 집들을 하나씩 베어냈다. 콜로는 그런 도트리무의 행동을 막기 위해 돌진하며 말했다.

"어서 그만둬!"

"나는 코르크 님들에게 받은 임무를 반드시 완수하고 돌아가 칭찬을 받을 거야! 너희들은 지금 도망가지 않으면 검은 연기 속에서 죽게 될 거야."

더욱더 많아지는 뜨거운 불길과 매캐한 검은 연기는 요정 숲 꼭대기까지 번졌다. 거북이 같은 수팰도우는 요정들을 위쪽으로 피신시킨 다음 불꽃이 올라오는 것을 보며 말했다.

"감히 천 년도 넘은 역사 깊은 나무에 불을 지피다니 버르장머리 없는 녀석들!"

요정들은 혹여나 나이가 많은 수팰도우가 쓰러지는 건 아닌지 걱정스럽게 바라보았다. 요정들이 살고 있던 조그마한 주머니들은 마치 잘 익은 사과가 나무 아래로 툭 떨어지는 것처럼 바닥으로 하나둘씩 떨어져 나갔다.

콜로는 도트리무의 무자비한 행동을 막기 위해 하얀 회전목마를 타고 그의 몸을 들이박으려 했다. 하지만 도트리무는 예상이라도 하고 있었다는 듯 여유롭게 피했다. 그때 요정 숲 군사 중 한 명이 콜로를 보며 소리쳤다.

"이걸 사용해!"

그 요정은 자신이 들고 있던 반짝거리는 활을 콜로를 향해 던져 주었다. 콜로는 활을 받아내고 말했다.

"고마워요!"

콜로에게 활을 건네준 요정은 시로와 다른 동물들을 도우려고 구름 아래로 내려갔다. 도트리무는 콜로가 활을 가지고 있음에도 자신감 넘치는 말투로 소리쳤다.

"이번에는 활로 나를 맞혀서 쓰러뜨리겠다?"

콜로는 활을 당겨 도트리무를 향해 거침없이 쏘았다. 화살은 빠르게 날아갔고 그 주변으로 반짝이는 가루가 퍼져 나가 도트리무의 오른쪽 팔에 꽂혔다. 콜로는 화살을 맞히고 주먹을 불끈 쥐며 소리쳤다.

"맞혔어!"

그런데 도트리무는 콜로의 예상과 달리 전혀 고통스러워하지 않고 오히려 몸에 먼지가 묻은 것처럼 꽂혀 있는 화살을 툭 하고 빼냈다. 콜로는 그 모습을 보고 쥐고 있던 주먹을 폈다.

"화살을 맞혔는데 쓰러지지 않았어…."

도트리무는 당황한 콜로를 보고 말했다.

"나는 나무로 만들어졌기 때문에 이런 걸 맞힌다고 해도 죽일 수 없지. 나는 너 같은 인간처럼 나약하지 않거든."

콜로는 나지막이 말했다.

"젠장…."

한편, 구름 밑으로 내려간 시로는 바닥으로 떨어지지 않기 위해 양쪽 발에 힘을 주었다. 그는 기어 올라오고 있는 나무 병정들을 향해 얼음덩어리를 마구 던져댔다. 나무 병정들은 나무 기둥을 기어오르다 시로가 던진 얼음덩어리에 맞아 힘없이 바닥으로 떨어졌다. 시로는 병정들이 하나둘씩 떨어져 나가자 격양된 목소리로 말했다.

"어디 요정 숲까지 올라가 보시지!"

윙키는 타고 있던 하얀 회전목마에서 뛰어올라 나무 기둥에 달라붙어 올라오고 있는 나무 병정들을 직접 손으로 떼어냈다. 그런데 불이 붙어 있는 나무 병정들을 떼어내며 손이 타버릴 것 같은 뜨거움을 느낀 윙키는 마치 방금 산 군고구마를 맨손으로 들고 있는 것처럼 손에 바람을 불어대며 말했다.

"이 녀석들아 이제 좀 떨어져!"

파버드는 몸에 있는 풍성한 깃털 속에 부리를 집어넣어 잠시 무언가 찾더니 둥근 유리병 하나를 물어 꺼냈다. 유리병 안에는 갈색 기름 같은 진득한 액체가 담겨 있었다. 파버드는 나무 기둥을 향해 유리병을 던졌다.

그러자 진득한 액체가 나무에 흘러내리면서 올라오고 있던 나무 병정들이 미끄러져 바닥으로 우수수 떨어졌다. 그러자 밑에서 올라가려 하는 병정들은 위에서 떨어지는 나무 병정들과 부딪쳐 그 자리에서 산산조각이 나버렸다. 시로는 나무 병정들이 올라오지 못하는 것을 보고 말했다.

"파버드! 그거 좋은데?"

시간이 지나 나무 기둥 주변에 있는 요정 군사들의 신속한 움직임 덕분에 이제 나무 위로 기어 올라오는 나무 병정들은 점점 사라지고 불길도 점차 줄어들었다. 얼마 지나지 않아 구름 아래에서 위로 올라오려는 나무 병정들은 보이지 않았다. 시로는 나무 기둥에 붙어 기어오르는 나무 병정이 없고 무섭게 타오르던 불길도 전부 꺼진 것을 보고 말했다.

"이제 구름 위로 올라가서 콜로를 도와주자!"

주변에 있던 동료들도 모두 동의하는 듯 고개를 끄덕였다. 나무에 붙어 있던 윙키도 옆에서 날갯짓하는 회전목마에 올라탔고 파버드는 혼자 자신감 있게 날개를 퍼덕이며 구름 위로 올라갔다.

한편, 콜로는 도트리무에게 화살이 먹히지 않는다는 것을 알고 하얀 회전목마의 고삐를 당기며 다시 그를 향해 돌진했다. 도트리무는 다가오고 있는 콜로를 보고 마치 나비 한 마리가 날아오고 있는 것처럼 아무렇지 않은 듯 말했다.

"계속 귀찮게 할래?"

도트리무는 들고 있는 나무 칼로 날아오는 하얀 회전목마의 앞다리를 베어냈다. 그러자 말의 새하얀 피부에 붉은 피가 흘러나왔다. 하얀 말은 다리를 움직일 수 없게 되자 점점 움직임이 더뎌지더니 힘없이 바닥으로 떨어지기 시작했다. 콜로는 하늘을 날고 있던 회전목마가 몸을 제대로 가누지 못하자 소리쳤다.

"떨어지면 안 돼!"

다리에서 피가 흘러나오고 있는 회전목마는 날갯짓도 하지 못한 채 힘없이 추락하기 시작했고 그에 따라 콜로도 말에서 떨어졌다.

그들은 빠른 속도로 구름 속까지 들어가게 되었고 콜로는 몸이 이리저리 뒤집히고 있는 상황에 소리쳤다.

"살려줘!"

바로 그때 시로가 타고 있던 하얀 회전목마가 떨어지고 있던 콜로를 낚아챘다. 콜로는 바닥으로 떨어지다 갑자기 푹신한 느낌이 들자 눈을 떴는데 바로 앞에는 둥글고 통통한 펭귄의 뒷모습이 보였다.

"형?"

옆에서 콜로가 타고 있던 하얀 회전목마도 구름 밑에서 올라오고 있던 요정들이 날갯짓해 치료하여 다시 기력을 회복해 날아오를 수 있었다. 구름 위로 콜로와 동료들이 모두 올라왔고 도트리무가 요정 숲을 쑥대밭으로 만들고 있는 것을 보았다. 도트리무는 다시 돌아온 콜로를 보고 말했다.

"바닥으로 떨어진 거 아니었어?"

도트리무는 조용히 속삭였다.

"어서 내 성과를 인정받아야 하는데."

화가 난 도트리무는 황급히 주변을 둘러보았다. 그런데 그와 함께 나무를 올랐던 나무 병정들은 하나도 보이지 않았고 콜로와 그의 동료들만 있었다. 도트리무는 당황한 듯한 표정으로 주변을 둘러싼 콜로와 친구들을 한 번씩 쳐다보고 말했다.

"그래! 다 덤벼!"

먼저 웡키가 뛰어올라 도트리무의 몸에 달라붙자 그는 귀찮다는 웡키를 한 손으로 떼어내 나무 아래로 던졌다. 하지만 웡키는 나무 기둥에 다시 달라붙어 재빠르게 기어 올라왔다. 시로는 도트리무를 떨어뜨리기 위해 입김을 불어 거대한 얼음덩어리를 만들어 냈다.

"이거나 먹고 너도 떨어져라!"

시로는 몸통만 한 얼음덩어리를 만들어 낸 후 두 팔로 힘껏 던졌다. 도트리무는 바윗덩어리같이 생긴 얼음덩어리를 보고 말했다.

"내가 말했지. 그런 건 소용없다고!"

도트리무도 들고 있던 나무 칼을 휘둘러 얼음덩어리를 그 자리에서 두 동강 내버렸다. 그때 도트리무 뒤에서 날아오고 있던 파버드가 방심한 그를 힘껏 밀쳤다.

"이건 생각 못 했을걸?"

도트리무는 뒤에서 파버드가 날아오고 있는 것을 미처 예상하지 못했다. 결국, 그는 발을 헛디디며 바닥으로 떨어지기 시작했다. 파버드와 시로는 서로 눈을 마주쳐 고개를 끄덕였다. 나무 위로 올라오던 웡키는 떨어지는 도트리무를 보고 소리쳤다.

"잘 가라!"

그런데 떨어지던 도트리무는 요정 숲 가장 아래에 있는 나뭇가지 하나를 간신히 한 손으로 잡고 매달렸다. 콜로와 친구들은 나뭇가지에 매달려 버티고 있는 도트리무를 향해 다가갔다. 도트리무는 자존심이 상했는지 콜로를 보고 크게 소리쳤다. 하지만 그의 얼굴은 잔뜩 겁에 질려 있었다.

"그래. 어서 나를 죽여! 나는 코르크 님들이 내려준 임무를 완수하지 못했어!"

시로가 비웃으며 말했다.

"너 때문에 평화로웠던 요정 숲이 쑥대밭이 되어버렸어. 이제 조금만 있으면 네 몸이 바닥으로 떨어져 산산조각이 나겠지."

시로는 하얀 회전목마 위에서 팔짱을 낀 채 콜로를 보고 말했다.

"네가 가서 저 고약한 녀석의 손을 나뭇가지에서 떼어내."

콜로는 하얀 회전목마에서 내려 도트리무가 매달려 있는 나뭇가지 위로 걸어갔다. 그는 마지막까지 버티고 있는 그를 위에서 내려다보았다. 도트리무는 콜로와 눈을 마주치지 않고 소리쳤다.

"뭘 그렇게 보는 거야!"

콜로는 살포시 앉아 도트리무의 매달려 있는 손을 잡았다. 도트리무는 눈을 지그시 감았다. 그런데 콜로는 도트리무의 팔을 잡고 위로 끌어올리며 말했다.

"내 손을 잡아."

그 모습을 보고 있던 시로가 팔짱을 풀며 소리쳤다.

"어서 떨어뜨리지 않고 뭐 하는 거야!"

콜로는 시로의 말을 듣고도 도트리무의 팔을 잡아 위로 당기고 있었다. 결국, 도트리무는 땅에 떨어지지 않고 나뭇가지 위로 다시 올라왔다. 간신히 살아남은 나무 병정은 목숨을 살려준 콜로를 이상하다는 듯 쳐다보며 말했다.

"도대체 왜…. 나를 살려준 거야."

도트리무는 당황한 듯 눈을 크게 뜨고 콜로를 쳐다보았다. 콜로는 맑은 눈망울로 나무 병정을 바라보고 있었다. 도트리무는 장난감으로 만들어진 이후 지금까지 느껴본 적 없었던 뜨거운 감정이 몸속에서 생겨났다. 시로는 콜로의 행동을 보고 고개를 앞으로 쑥 빼내며 소리쳤다.

"너 정말 미쳤어?"

그때 파버드가 시로 옆으로 날아가 나무로 만들어진 날개로 그의 입을 막으며 흐뭇한 미소를 지었다. 콜로는 도트리무를 보고 말했다.

"상처 입은 요정 숲을 원래 상태로 되돌리는 걸 도와줄 수 있지?"

도트리무의 눈에서 알 수 없는 물이 새어 나왔다. 그는 눈에서 갑자기 물이 나오는 것을 보고 말했다.

"뭐야. 내 몸이 이상해."

콜로는 다시 말했다.

"우리는 친구가 될 수 있어."

도트리무는 에메랄드빛 바다처럼 맑은 콜로의 두 눈을 보고 한동안 아무 대답도 하지 않더니 잠시 뒤 무릎을 꿇고 고개를 푹 숙인 채 속삭이듯 말했다.

"미안해…."

콜로는 그의 대답을 듣고 가까이 다가가 어깨를 감싸주었다. 도트리무는 누군가 자신을 따뜻하게 안아주는 것도 처음이었다. 그때 수호신 수팰도우가 넓은 날개를 퍼덕이며 장난스러운 말투로 말했다.

"그러려면 지금부터 움직여야 할 텐데?"

도트리무는 수팰도우가 있는 방향으로 몸을 돌려 말했다.

"저를 죽여도 좋습니다. 하지만 제가 쑥대밭으로 만든 이 요정 숲을 다시 원래 상태로 되돌릴 수 있도록 허락해 주신다면…."

수호신은 주변에 있는 요정들을 한 번씩 쳐다보았다. 요정들은 그저 이 상황을 멍하니 보고만 있을 뿐이었다. 수팰도우는 인자한 미소를 지으며 말했다.

"해야 할 일이 산더미처럼 쌓였으니 어서 움직이게."

도트리무는 그 말을 듣고 고개를 올려 수팰도우를 올려다보았다.

"감사합니다!"

콜로도 그제야 미소를 지었고 요정들은 다시 원래의 숲으로 되돌리기 위해 움직이기 시작했다. 상처가 생긴 곳은 요정들의 날갯짓으로 치유하고 안타깝게 죽은 요정들을 위해 기도했다. 물론 도트리무도 요정들을 도와 움직이기 시작했다. 이후 나무 병정은 수호신에게 다가가 가지고 있던 나무칼을 건네며 말했다.

"이제 이 칼은 필요 없을 것 같네요."

수팰도우는 고개를 저으며 말했다.

"자네는 그 칼을 가지고 요정 숲을 지켜주었으면 좋겠네."

도트리무는 다시 한번 수호신 앞에서 무릎을 꿇고 고개를 푹 숙였다. 나무 병정의 눈에서 다시 물이 새어 나왔다. 도트리무는 들고 있는 칼을 꽉 쥔 채 바라보며 죽을 때까지 요정 숲을 지켜야겠다고 굳게 다짐했다.

으스스한 지름길

콜로는 다시 안정을 찾은 것처럼 보이는 요정 숲에서 떠나야 할 때가 되었다고 생각해 수펠도우를 보며 말했다.

"그럼 저희는 시계탑 광장으로 떠나보도록 하겠습니다."

"나도 자네들이 밖으로 나갈 수 있도록 기도하겠네!"

콜로와 친구들은 요정 숲 수호신에게 고개를 숙여 정중히 인사했다. 그때 수호신은 콜로가 등을 돌리기 전 반짝이는 활을 건네며 말했다.

"앞으로 이 활이 자네에게 큰 도움을 줄 거네."

콜로는 두 손으로 활을 받았다. 그는 요정의 날개처럼 반짝이는 활을 보고 말했다.

"감사합니다!"

콜로 형제와 동물들은 옆에서 날개를 퍼덕이며 기다리고 있는 하얀 회전목마를 타고 요정 숲 밑으로 내려왔다. 콜로는 땅으로 안전하게 옮겨준 회전목마의 부드러운 목을 쓰다듬고 이마를 맞대며 말했다.

"정말 고마워. 네 덕분에 살 수 있었어."

하얀 회전목마도 눈웃음을 지었다. 잠시 뒤 콜로는 다시 시계탑으로 나아가기 위해 요정들이 알려준 방향으로 몸을 돌렸다. 그때 나무 기둥 아래로 내려온 도트리무가 그를 보고 소리쳤다.

"잠깐!"

콜로는 그가 소리치자 다시 고개를 돌렸다.

"그 방향으로 가면 안 돼."

콜로는 도트리무 앞으로 다가가 말했다.

"쌍둥이 요정들이 이 방향으로 가면 분명 시계탑 광장으로 빠르게 갈 수 있다고 했어."

도트리무는 콜로의 두 눈을 보며 말했다.

"그 길 중간에 코르크들이 숨어 있어. 녀석들은 지금 그곳에서 너희들이 오기만을 기다리고 있어. 요정들이 알려준 북쪽으로 간다면 분명히 코르크들을 마주치게 될 거야."

"그럼 우리는 어디로 가야 해?"

도트리무는 왼쪽 팔을 올려 요정들이 알려준 방향과 다른 서쪽을 가리키며 말했다.

"북쪽에 있는 숲길이 아닌 서쪽으로 가야 해. 시간은 조금 더 걸리겠지만 코르크들을 마주치지 않을 거야."

콜로는 쌍둥이 요정들이 알려준 숲길을 한 번 쳐다보았다. 도트리무의 말을 듣고 그 길을 쳐다보니 정말 어둡고 으스스한 느낌이 풍기는 것처럼 느껴졌다. 콜로는 도트리무를 바라보며 말했다.

"나중에 기회가 된다면 다시 만나자!"

콜로 뒤에 서 있던 시로는 옆에 있는 웡키에게 얼굴을 들이밀어 속삭였다.

"콜로가 잘 살려준 거였어."

웡키는 고개를 끄덕였다.

콜로와 동료들은 도트리무가 알려준 방향으로 발걸음을 내디뎠다. 얼마 지나지 않아 정말 그들 앞에 울퉁불퉁한 돌이 드문드문 박혀 있는 길이 나타났다. 저 앞에는 오랫동안 문을 닫은 것 같은 불이 꺼진 가게들이 나란히 있었다. 콜로와 동료들은 도트리무가 알려준 돌길 속으로 들어갔다.

한편, 까마득한 숲길 안 덩굴에서 몸을 숨긴 채 콜로 일행이 오기만을 기다리고 있는 두 명의 코르크들은 한참을 기다려도 그가 오지 않자 점점 지쳐갔다. 녹이 슨 투구를 쓴 코르크가 말했다.

"언제까지 기다려야 하는 거야?"

그러자 머리에 검은 두건을 쓴 코르크가 말했다.

"설마 도트리무가 그 인간들을 전부 죽인 거 아니야?"

투구를 쓴 코르크가 말했다.

"그 멍청한 녀석이 그런 대단한 일을 해냈을 리 없어. 그리고 그런 일은 내가 해야만 한다고."

머리에 두건을 감싼 코르크가 말했다.

"설마 우리가 이곳에 있다는 걸 알려준 건 아니겠지?"

투구를 쓴 기사가 크게 헛웃음 치며 말했다.

"그럴 일은 절대 없어. 멍청한 도트리무가 우리한테 완전히 복종하고 있는 거 못 봤어?"

두 코르크는 그런 대화를 나누며 풀숲 안에서 움직이지 않고 몇 시간 동안 더 기다렸다. 한참 뒤 투구를 쓴 코르크가 더는 못 참겠다는 듯 덩굴 밖으로 나오면서 소리쳤다.

"내가 직접 가서 직접 상황을 확인해야겠어!"

반면 편안하게 누워 하늘을 보고 있는 코르크는 한숨 쉬듯 말했다.

"도트리무가 열심히 움직이고 있겠지."

투구를 쓴 기사는 풀숲으로 들어와 누워서 하늘만 보고 있는 그에게 얼굴을 불쑥 내밀어 말했다.

"아니야, 인간들이 지금까지 이곳에 오지 않은 것을 보면 분명히 무슨 일이 생긴 게 분명해."

투구를 쓴 코르크는 누워 있는 그의 팔을 들어 억지로 일으켰다. 머리에 두건을 감싼 코르크는 방금 잠에서 깨어난 것처럼 비틀거리며 천천히 몸을 일으켰다. 그들은 옆에서 쉬고 있던 검은 회전목마 위에 올라타 요정 숲이 있는 곳을 향해 되돌아갔다. 두건을 감싼 코르크는 요정 숲으로 가는 도중에 계속 툴툴거리며 말했다.

"너는 왜 이렇게 참을성이 없는 거야."

투구를 쓴 코르크가 단호하게 말했다.

"죽을 때까지 풀숲 안에서 기다릴 수 없잖아."

"그래. 네 마음대로 해라."

머리에 두건을 감싼 코르크는 마치 하기 싫은 심부름을 하러 가는 것처럼 어깨를 축 늘어뜨렸다. 투구를 쓴 코르크는 앞에 있는 길을 따라 결의에 찬 듯 허리를 꼿꼿이 세워 요정 숲으로 갔다. 잠시 뒤 그들은 요정 숲으로 올라가는 두꺼운 나무 기둥을 보았다. 투구를 쓴 기사가 손을 올리며 말했다.

"저기를 봐!"

코르크들도 나무 기둥이 검게 그을려 있는 것을 보았다. 두건을 감싼 코르크는 나무를 쳐다보며 말했다.

"아까 그곳에서 조금만 더 누워 있으면 인간들이 우리가 있는 곳으로 올 것 같은데?"

그런데 투구를 쓴 코르크는 그의 말이 들리지 않는 듯 아무 대답도 하지 않았다. 그리고 그는 자신이 잘못 보고 있는 것은 아닌지 고개를 앞으로 쭉 내밀어 한 곳을 유심히 쳐다보았다. 두건을 감싼 코르크는 나무가 검게 그을린 것을 보고 검은 회전목마의 몸을 돌려 방금까지 숨어 있었던 덩굴로 돌아가려 했다.

"잠깐."

투구를 쓴 코르크는 그의 팔을 붙잡으며 말했다.

"저기를 봐."

반쯤 몸을 돌린 코르크는 귀찮다는 듯이 말했다.

"네가 투구를 쓰고 있는데 어디를 보고 있는지 내가 어떻게 아니?"

투구를 쓴 기사는 말없이 한 곳을 계속 쳐다보았다. 그는 화가 치밀어 오르는 걸 간신히 참고 있는 것처럼 왼쪽 주먹을 터질 듯이 쥐고 있었고 오른쪽 팔로 한 곳을 가리켰다.

"저기를 좀 보라고!"

두건을 쓴 기사는 옆에 있는 그가 갑자기 격양된 목소리로 말하자 순간 놀라 그가 가리킨 곳을 바라보았다.

"그래, 봐줄게."

두건을 감싼 코르크도 몇몇 요정들이 나무 아래에서 반짝거리며 날아다니고 있는 것을 보았다.

"저건 그냥 나약하고 아무것도 할 수 없는 요정들…."

두건을 감싼 코르크는 요정들 사이에 서 있는 도트리무를 보고 순간 말을 멈추었다. 그는 투구를 쓴 코르크와 똑같이 고개를 불쑥 내밀어 자세히 보고 난 후 말했다.

"저 녀석은…. 도트리무?"

그들이 보고 있는 곳에는 조그마한 요정들이 검게 타버린 나무를 다시 되돌리기 위해 신성한 날갯짓을 하며 나무 기둥에서 나오는 물을 부어주고 있었다. 그리고 요정들 옆에서 도트리무가 같이 움직이고 있었다.

"저 녀석 지금 저기서 뭐 하고 있는 거야?"

투구를 쓴 코르크가 어금니를 꽉 깨문 채 말했다.

"내 말이 맞았어. 저 녀석은 이미 인간들한테 다른 방향을 알려준 거라고!"

그제야 검은 두건으로 얼굴을 감싼 코르크도 숨을 격하게 내쉬며 요정을 돕고 있는 도트리무를 보고 말했다.

"저 배신자!"

투구를 쓴 코르크가 조용히 말했다.

"감히 우리의 명령을 어기고 인간들을 도와줬다면 그 대가를 치러야지."

그들은 타고 있는 검은 회전목마의 고삐를 잡은 채 말했다.

"우리를 농락한 도트리무가 서 있는 곳으로 달려가!"

검은 회전목마는 마치 하늘 위에 있는 까마귀처럼 형체만 보일 정도로 빠르게 움직여 도트리무가 서 있는 곳까지 달려갔다. 요정을 돕고 있던 도트리무는 코르크들이 달려오고 있다는 것은 꿈에도 모른 채 서 있었다. 그때 무서운 속도로 다가오는 코르크를 본 요정이 소리쳤다.

"저기 코르크가 온다!"

도트리무는 그 소리를 듣고 급히 고개를 돌렸다. 하지만 고개를 돌리자마자 검은 회전목마는 도트리무의 몸을 들이박았고 도트리무의 몸 조각은 사방으로 떨어져 나갔다. 코르크들은 서 있는 도트리무를 강하게 들이받은 후 다시 그들이 있던 숲속으로 순식간에 사라졌다.

방금 일어난 일 때문에 주변에 있던 요정들은 하던 일을 멈추었고 몸이 산산조각 난 도트리무는 콜로에게서 느꼈던 뜨거운 감정을 마지막으로 느낀 채 눈물을 흘리며 눈을 감았다.

"어서 도망가….'

한편, 돌길 속으로 깊이 들어간 콜로 형제와 동물들은 앞으로 나아가면서 양옆에 불이 꺼져 있는 가게들을 보았다. 먼지가 쌓여 희미하게 보이는 간판을 보니 "돌보다 딱딱한 사탕 가게", "30겹 햄버거 가게", "유니콘 맛 아이스크림!"처럼 상상만 해도 이상할 것 같은 음식 이름이 쓰여 있었다. 콜로는 마치 어린아이가 밥을 먹을 때 싫어하는 채소만 식탁 위에 올라와 있는 것처럼 표정을 찡그리며 말했다.

"저런 음식이 정말로 있던 거야?"

옆에서 걷고 있던 윙키가 화들짝 놀라 말했다.

"무슨 소리야. 이곳이 폐허가 되기 전에는 매일 먹던 것들이었어. 특히 저 30겹 햄버거는 얼마나 맛있었는데."

시로는 윙키가 하늘을 보며 배를 두드리는 것을 보고 말했다.

"햄버거가 30겹이면 일주일 동안 먹어도 충분하겠어."

파버드는 양쪽에 문 닫은 가게들을 둘러보며 말했다.

"나는 사람들이 바닥에 흘리는 유니콘 맛 아이스크림을 매일 먹었었는데 그것도 정말 환상적이었어."

콜로와 시로는 양쪽에서 윙키와 파버드가 이상한 음식을 먹어보았다는 말을 듣고 믿을 수 없었다. 이후 그들은 이상한 음식이 적힌 간판들을 구경하며 몇 시간 동안 쉬지 않고 길을 따라 나아갔다.

하지만 그들 앞에는 시계탑이 나타나지도 않았고 주변에는 그저 찌그러진 음료수 캔과 문을 닫아버린 어두운 가게들뿐이었다. 체력이 급격히 떨어진 시로가 만삭 임산부처럼 둥근 배를 부여잡고 말했다.

"도트리무가 정말 우리한테 정확한 길을 알려준 건 맞겠지?"

콜로가 그를 보고 말했다.

"도트리무는 우리를 구해주고 싶었을 거야. 그의 눈에서 진심이 느껴졌어. 아마 래피하고 초피가 알려준 방향으로 갔다면 지금쯤 코르크들하고 마주쳐서 힘들게 도망치고 있었겠지."

콜로의 말을 듣고 시로는 그 상황을 상상한 듯 고개를 격하게 가로 저으며 말했다.

"생각만 해도 끔찍해. 험악하게 생긴 코르크하고 만난다는 상상만 하면 머리가 지끈거려."

시로는 언제까지 걸어야 할지 모르는 상황에서 깊은 한숨을 내쉰 뒤 말을 이었다.

"나는 지금 목도 마르고 발바닥도 너무 아파."

그의 머리 위에서 날고 있는 파버드는 시로를 내려다보며 말했다.

"이제 정말 나올 거야. 조금만 더 힘을 내보자."

파버드도 나무로 만들어진 한쪽 날개가 불편한지 비틀거렸다. 그때 콜로가 갑자기 유령이라도 본 것처럼 발걸음을 멈추며 쥐 죽은 듯 조용히 말했다.

"얘들아…. 저기 사람이 있어."

시로는 콜로 입에서 나온 섬뜩한 말에 그가 가리키는 곳을 쳐다보지 않은 채 떨리는 목소리로 말했다.

"무슨 소리야. 여기 우리밖에 없잖아."

윙키와 파버드는 콜로가 가리키는 방향으로 고개를 돌렸고 정말 그곳에 한 사람이 쭈그려 앉아 있는 것을 보았다. 시로는 아직도 고개를 들지 못한 채 분명 귀신이 나타났다고 생각했다.

"콜로, 네가 지금 지쳐서 헛것을 보고 있는 거 아니야?"

콜로는 사람이 앉아 있는 곳을 향해 조심스럽게 다가갔다. 그 사람은 문이 닫혀 있는 가게들 사이 어두운 공간에서 고개를 숙이고 있었다. 콜로는 그가 도움이 필요한 상태라고 생각해 가까이 다가갔다. 파버드는 콜로에게 속삭였다.

"콜로, 조심해."

콜로는 파버드의 말을 듣고 침을 삼킨 뒤 문 닫은 가게들 사이 좁고 어두운 곳으로 가까이 다가갔다.

시로는 파버드와 윙키가 콜로의 뒤를 따라가자 혼자 남겨지는 게 싫어 어쩔 수 없이 따라갔다. 그도 고개를 들고 가게 사이에서 무릎에 머리를 파묻고 주저앉아 있는 사람을 보았다. 콜로는 좁은 공간에 영혼이 빠져 있는 것 같은 사람을 보며 바짝 마른 입술에 침을 바르고 말했다.

"저…. 저기요?"

그 사람은 온몸의 뼈가 밖으로 튀어나올 정도로 말랐고 붙어 있는 근육과 살은 전혀 없어 보였다. 뒷머리에만 하얀 머리카락이 남아 있었다. 그는 콜로의 말을 듣고 잠꼬대를 하듯 잠시 움찔거리긴 했지만, 고개를 들지 않았다. 콜로는 더 가까이 다가가 말했다.

"괜찮으세요?"

그러자 앉아 있는 사람은 마치 오래된 보물상자의 뚜껑이 열리는 것처럼 천천히 고개를 들어 올렸다. 콜로는 고개를 올리는 그를 보고 혹여나 귀신은 아닐지 겁에 질려 콧구멍을 벌렁거렸다. 뒤에 있는 윙키와 파버드도 혹시나 하는 마음에 더 가까이 오지 않았다. 시로는 윙키 뒤에 숨어 고개만 빼내 그 상황을 바라보았다.

✦ 으스스한 지름길

앉아 있는 사람은 천천히 콜로를 올려다보았다. 그의 얼굴은 방금 묘지에서 나온 해골이라고 해도 믿을 정도로 양쪽 뺨에 광대뼈가 두드러지게 튀어나와 있었다. 그는 고개를 들어 한동안 말없이 콜로를 쳐다보았다. 콜로는 뼈밖에 없는 노인의 얼굴을 보고 말했다.

"혹시 제가 도와드릴까요?"

금방이라도 쓰러질 것 같은 노인은 말없이 고개만 끄덕였다. 콜로는 파버드를 돌아보며 말했다.

"요정들이 준 신성한 물을 꺼내 줘."

그러자 윙키 뒤에서 고개만 내밀고 있던 시로가 소리쳤다.

"그건 안 돼! 요정들이 준 신성한 물은 나도 아껴 먹으려고 아직 한 입도 마시지 않았단 말이야."

콜로는 단호하게 말했다.

"그렇지만 지금은 신성한 물이 필요해."

파버드는 콜로 옆으로 날아가 둥근 부리로 몸을 뒤적거리더니 요정들이 선물한 물을 꺼내 힘없이 앉아 있는 노인에게 건네주었다. 시로는 그것을 보며 말했다.

"정말 안 되는데!"

콜로는 고개를 들고 자신을 쳐다보고 있는 노인을 보고 말했다.

"이거 드세요."

정체를 알 수 없는 노인은 마치 팔에 무거운 아령이라도 달린 듯 힘겹게 팔을 올려 콜로가 건네준 유리병을 받아 입에 가져다 대었다. 그는 유리병에 보랏빛 입술을 대고 신성한 물을 마셨다.

콜로와 뒤에 서 있는 동료들은 그가 신성한 물을 한 모금 마시고 있는 모습을 조심스럽게 바라보고 있었다. 콜로는 눈을 깜빡이며 말했다.

"이제 괜찮아지셨나요?"

힘없이 앉아 있던 노인은 신성한 물을 크게 한 모금 마시고 난 뒤 물병을 다시 콜로에게 건네며 깊은 한숨을 내쉬었다. 이후 그는 하늘을 쳐다보고 한마디 내뱉었다.

"드디어 살 것 같네. 죽는 줄 알았어."

콜로는 기력이 없어 보이던 노인이 처음으로 말하자 상태가 나아졌다는 것을 알 수 있었다. 콜로는 그에게 말했다.

"어때요? 힘이 나죠?"

앉아 있는 노인은 아까보다 활기가 돋는 듯 고개를 끄덕였고 콜로와 뒤에 서 있는 친구들을 바라보며 느릿하게 말했다.

"자네들은 언제부터 이곳에 있었던 건가?"

콜로가 당차게 대답했다.

"저희는 이곳에 들어온 후 며칠이 지났는지 정확하게 알 수 없지만, 아마 보름은 지난 것 같아요."

"그렇군."

문을 닫은 가게 벽에 앉아 등을 기대고 있는 노인은 다시 고개를 숙인 채 끄덕였다. 잠시 뒤 그는 깊은 한숨을 내쉬고 까마득한 하늘에 무언가 찾는 것이라도 있는 듯 멀뚱히 보며 입을 열었다.

"이곳에 어떻게 들어오게 된 거지? 여긴 아무나 들어올 수 없는 장소인데."

뒤에서 듣고 있던 시로가 노인을 보고 위험한 사람은 아니라고 생각했는지 가까이 다가오며 말했다.

"저희 할아버지께서 매일 지겹도록 엔드랜드 안에 비밀 공간이 있다고 하셨어요. 좋은 곳이라고 했는데 완전히 반대예요."

그 말을 듣고 앉아 있던 노인은 흠칫 놀라 갑자기 시로의 얼굴을 쳐다보았다. 그는 시로의 몸이 통통한 펭귄이라 놀란 것이 아니었다. 노인은 혹시나 하는 마음에 그를 보고 말했다.

"혹시 할아버지 이름이 뭐니?"

"브로그예요."

콜로가 할아버지 이름을 말하자 앉아 있던 노인은 두 손으로 주름진 이마를 어루만지며 말했다.

"정말 오랜만에 들어보는 이름이군."

그의 입가에는 흐릿한 미소가 지어져 있었다. 콜로는 할아버지를 알고 있는 듯한 그를 보고 말했다.

"저희 할아버지를 아시나요?"

"그럼. 잘 알고말고."

"저희 할아버지를 잘 아신다고요? 어째서요?"

"내 친구 브로그와 나는 아주 오래전 이곳에 자주 놀러 왔었지."

콜로의 양쪽 눈이 동그랗게 커졌다.

"저희 할아버지와 친구였어요?"

요정이 나누어 준 신성한 물을 먹고 활기를 찾은 듯한 노인은 과거를 회상하고 있는 듯 미소를 지은 채 고개만 끄덕였다. 그때 파버드가 노인에게 다가와 말했다.

"당신의 정체는 뭐예요?"

까마득한 하늘을 보고 있던 노인은 잠시 뜸을 들인 뒤 대답했다.

"나는 엔드랜드 속 비밀스러운 이 공간이 도대체 어떤 이유로 폐허가 되었는지 알아내기 위해 혼자 오래전부터 이곳에 들어와 있었어. 아직 이유는 찾지 못했지만…."

콜로는 노인을 바라보며 말했다.

"저희는 밖으로 나가기 위해 시계탑이 있는 광장으로 가고 있었어요. 혹시 저희랑 같이 밖으로 나가실래요?"

콜로의 말이 끝나자마자 노인은 고개를 저으며 말했다.

"나는 폐허가 된 이곳에 저주가 걸리게 된 이유를 알아내지 못한 이상 절대 밖으로 나가지 않을 거니 자네들은 가던 길 가게나."

콜로는 걱정스러운 눈빛으로 노인을 바라보았고 노인은 괜찮다는 듯 고개를 끄덕였다. 콜로는 어쩔 수 없이 가고 있던 방향으로 몸을 돌렸고 처음 봤을 때보다 안색이 괜찮아진 노인을 보며 말했다.

"반드시 비밀을 풀어주세요!"

그때 노인은 콜로의 옷자락을 살포시 잡으며 말했다.

"혹시 나에게 준 시원한 물은 어디에서 얻을 수 있나?"

콜로는 한 손에 들고 있는 물병을 높이 들어 올리며 말했다.

"저희가 걸어온 길 반대쪽으로 계속 걸어가다가 보면 구름 위까지 이어지는 나무 기둥이 나오는데 그 위에 사는 요정들에게 받은 거예요."

"나도 그곳에 가면 물을 얻을 수 있을까?"

"당연하죠."

"그럼 나의 목적지는 정해졌군."

콜로는 허리를 숙여 인사했다.

"조심히 가세요!"

그런데 노인은 다시 콜로의 바짓자락을 꼬집듯 잡으며 말했다.

"한 가지 더 말할 것이 있네."

콜로는 뒤를 돌아 노인을 쳐다보았다. 노인은 천천히 주머니에 손을 집어넣더니 주먹을 쥐고 콜로 앞으로 불쑥 내밀었다.

"이걸 받게나."

콜로는 마치 얼음을 쥐고 있는 것처럼 떨리고 있는 노인의 손을 보고 재빨리 손을 내밀어 받았다. 노인이 건네준 건 다름 아닌 선홍빛 보석이 박혀 있는 목걸이였다. 콜로는 마치 악덕한 마녀가 차고 다닐만한 고혹적인 목걸이를 보며 말했다.

"이게 뭐예요?"

"그건 나도 잘 모르겠네. 길을 걷다 우연히 발견한 건데 나한테는 그런 것이 무게만 나갈 뿐 필요 없거든."

"그런데 왜 저한테 주시는 거예요?"

"그 목걸이를 보니 평범한 것이 아니라고 생각이 들었네."

콜로는 노인의 말에 고개를 갸우뚱했다. 노인은 콜로에게 목걸이를 건네주고 난 후 자리에서 천천히 일어났다. 그가 일어나는 모습은 마치 방금 갓 태어난 사슴 한 마리가 힘겹게 일어나려 애쓰는 것처럼 당장이라도 넘어질 것 같았다. 콜로는 그런 노인을 보며 말했다.

"혼자 가셔도 괜찮으시겠어요?"

노인은 한쪽 팔을 올려 괜찮다는 듯 표현했다. 그는 신비의 물을 얻으러 가기 위해 콜로와 반대 방향으로 몸을 돌려 천천히 걸어갔다.

"조심히 가게."

콜로와 동료들은 허리가 구부러진 채 절뚝이며 걸어가는 노인을 걱정스럽게 바라보았다. 그때 콜로는 노인의 뒷모습을 보며 말했다.

"주변에 코르크들이 있을 수 있으니 조심해서 가셔야 해요!"

절뚝이는 노인은 뒤도 돌아보지도 않고 엄지손가락만 치켜세운 후 앞으로 걸어 나갔다. 시로는 윙키 뒤에서 속삭였다.

"저 할아버지 괜찮겠지?"

윙키는 팔짱을 낀 채 고개를 끄덕였다.

"지금까지 이 위험한 곳 안에서 살아계신 것을 보면 괜찮을 거야."

콜로는 노인의 모습이 멀어질 때까지 쳐다보았다. 시간이 지나 노인은 멀어져 모습이 보이지 않았다. 콜로는 다시 시계탑이 있는 방향으로 몸을 돌려 말했다.

"우리도 다시 시계탑 광장으로 가자!"

정체불명의 생명체

콜로와 동료들은 수상한 노인을 만나고 난 뒤 다시 앞으로 나아가기 시작했다. 콜로는 앞으로 걸어가면서 노인이 건네준 매혹적인 목걸이를 손바닥에 올려 홀린 듯 바라보았다. 그때 파버드가 목걸이만 보고 걸어가던 콜로를 보고 다급히 소리쳤다.

"조심해!"

콜로는 목걸이에만 시선이 집중되어 자신이 방향을 틀어서 걸어가고 있는 것도 모르고 있었다. 하마터면 그는 문 닫은 가게의 단단한 벽에 이마를 부딪칠 뻔했다. 윙키가 콜로를 보며 말했다.

"아무리 아름다운 목걸이라도 앞은 보고 걸어야지!"

콜로는 손바닥에 올려져 있는 목걸이에 정신이 팔린 듯 조용히 말했다.

"한번 목에 걸어볼까?"

콜로의 머리 위에서 날고 있던 파버드가 목걸이를 유심히 보고 난 후 둥근 부리를 가로저으며 말했다.

"그 목걸이는 걸어보지 않는 게 좋을 것 같아. 뭔가 께름칙한 느낌이 들어."

콜로가 파버드를 올려다보며 말했다.

"이렇게 아름다운 목걸이에서 이상한 느낌이 든다고?"

파버드가 콜로 왼쪽 어깨에 살포시 앉아 말했다.

"그 목걸이를 보고 있으면 왠지 산꼭대기에 있는 것처럼 가슴이 답답해지고 몸도 무거워지는 느낌이 들어."

옆에 있던 윙키도 한쪽 손으로 머리를 긁고 고개를 끄덕이면서 말했다.

"나도 파버드와 같은 생각이야. 눈으로 보았을 땐 아름답게 보이지만 이상한 기운을 가지고 있는 것 같아."

불안해하는 윙키와 파버드의 말을 듣고 고개를 갸우뚱거리기 시작한 시로는 주저하는 콜로를 보며 말했다.

"목에 걸어보고 싶으면 한번 걸어봐! 나는 이상한 느낌이 전혀 들지 않는데?"

콜로는 시로의 말을 듣자 얼굴에 화색이 돌았다.

"그렇지? 아무렇지 않을 것 같지?"

하지만 파버드와 윙키는 아무리 봐도 콜로가 들고 있는 목걸이에서 느껴지는 음산한 기운 때문에 마음이 좋지 않았다. 콜로가 목걸이를 쳐다보며 주저하고 있자 시로가 답답해하며 말했다.

"그냥 목에 걸어보라니까? 큰일이라도 나겠어?"

콜로는 목걸이를 들고 파버드와 윙키의 눈치를 한 번씩 보고 난 후 말했다.

"그럼 한 번만 목에 걸어볼게."

파버드와 윙키는 한숨을 내쉬며 고개를 저었고 시로는 콜로가 목걸이를 걸어보는 걸 지켜보았다. 콜로는 들고 있는 목걸이 줄을 집어 올려 목에 걸었다. 콜로는 목걸이를 걸고 난 후 동료들을 보며 말했다.

"어때?"

옆에 있는 시로는 콜로의 가슴 쪽에 있는 붉은 보석을 보고 말했다.

"근사하네. 나도 한번 걸어볼까?"

콜로가 고개를 끄덕이며 말했다.

"당연하지."

콜로는 시로에게 목걸이를 건네주기 위해 목걸이 줄을 잡았다.

그때 콜로는 갑자기 망치로 뒤통수를 맞은 것처럼 머리가 깨질 듯이 아파졌고 바닷속 깊은 곳에 들어와 있는 것처럼 숨을 쉬기 힘들었다.

"헉!"

결국, 콜로는 다리에 힘이 풀려 그 자리에 주저앉았고 고개를 힘없이 떨궈 초점 없는 눈으로 땅바닥을 쳐다보았다. 시로는 그가 바람 빠진 풍선처럼 갑자기 주저앉자 당황하며 말했다.

"무슨 일이야!"

콜로는 시로의 말에 대답조차 하지 못할 정도로 가슴을 부여잡은 채 숨을 헐떡이고 있었다. 파버드와 웡키는 목걸이를 끼고 난 후 콜로의 상태가 급격하게 이상해진 것을 보고 소리쳤다.

"콜로! 왜 그래!"

콜로 입에서는 침이 질질 흐르고 있었다. 웡키는 얼른 그에게 다가가 목걸이를 빼서 내던졌다. 목걸이를 빼자 콜로는 마치 물에 빠져 허우적대던 어린아이가 간신히 구조된 것처럼 숨을 격하게 몰아쉬었다. 웡키는 내던진 목걸이를 마치 원수라도 보는 것처럼 노려보며 말했다.

"목걸이에서 불쾌한 느낌이 풍긴다니까?"

파버드는 피가 통하지 않는 것 같은 콜로의 얼굴을 보고 말했다.

"콜로! 정신 차려!"

콜로는 점차 정신이 돌아오는 듯 흐릿했던 눈의 초점도 다시 명확해졌다. 콜로는 숨을 고르고 조용히 말했다.

"그들이 우리 뒤를 쫓아오고 있어."

콜로가 속삭이듯이 말하자 파버드가 가까이 다가가 말했다.

"뭐라고?"

콜로는 겁에 질린 듯 몸을 떨면서 크게 소리쳤다.

"코르크들이 우리 뒤를 쫓아오고 있다고!"

시로는 갑자기 상태가 이상해진 콜로를 보고 놀란 듯 조심스럽게 다가가 말했다.

"너 갑자기 왜 그래?"

콜로는 호흡도 안정되고 머리를 압박하던 통증도 사라지자 동료들의 얼굴을 한 번씩 보며 침착하게 말했다.

"목걸이를 끼자마자 코르크들이 뒤에서 검은 말을 타고 빠르게 달려오고 있는 것이 보였어. 그들은 지금 우리를 찾고 있어."

시로는 자신도 목걸이를 한번 걸어보려 했지만, 지금 콜로의 이상한 상태를 보고 그런 생각이 전혀 없어졌다. 그는 의미심장한 눈빛으로 콜로를 보며 말했다.

"도트리무가 이 방향으로 가면 그들을 만나지 않을 거라 했어. 잠시 이상한 꿈을 꾼 거 아니야?"

콜로가 다시 격양된 말투로 소리쳤다.

"절대 아니야!"

콜로의 커진 말소리에 놀란 시로는 아무 말도 내뱉지 못했다. 윙키는 흥분해 있는 콜로를 진정시키기 위해 그의 등을 쓰다듬으며 말했다.

"목걸이를 걸고 그런 것들이 보였던 거야?"

콜로는 고개를 끄덕였다. 시로는 갑자기 콜로의 상태가 이상해지자 불안해하며 말했다.

"그럼 우리는 어떡해? 다시 돌아갈 수 없잖아."

파버드와 윙키는 콜로의 호흡이 다시 안정될 때까지 기다렸다. 잠시 뒤 파버드는 콜로를 보며 말했다.

"이제 어떻게 해야 할까?"

윙키는 노란 털이 수북한 턱을 어루만지며 말했다.

"일단 주변에 숨어야 할 것 같아."

윙키의 말을 들은 시로가 툴툴거리며 말했다.

"나는 빨리 펭귄 같은 무거운 몸에서 벗어나고 싶은데 또 숨어야 하는 거야?"

파버드가 시로를 달래주기 위해 침착하게 말했다.

"그런 게 아니야. 콜로 말이 맞으면 우리는 얼마 지나지 않아 코르크들을 만나 목숨을 잃을 수도 있어."

시로는 콜로의 말을 믿지 못하겠다는 듯 고개를 저으며 말했다.

"목걸이를 걸고 코르크들이 오고 있는 걸 보았다는 게 확실한 거야?"

시로는 또다시 앞으로 나아갈 수 없자 심술이 났고 콜로가 말했다.

"형, 이번 한 번만 내 말을 들어줘. 코르크들은 정말 우리 뒤를 빠르게 쫓아오고 있어."

콜로는 애원하는 눈빛으로 그를 바라보았다. 시로는 고개를 푹 숙이며 깊은 한숨을 내쉬었다. 콜로 옆에서 심각함을 인지한 윙키와 파버드도 시로를 쳐다보았다.

시로는 어쩔 수 없다는 듯 깊은 한숨을 내쉬고 말했다.

"알겠어. 알겠다고."

콜로는 시로의 대답을 듣고 급히 일어나 말했다.

"일단 우리는 코르크들이 이곳을 지나갈 때까지 숨어야 할 곳을 찾아야 해."

그때 윙키가 말했다.

"저곳은 어때?"

윙키가 기다란 팔로 가리킨 곳은 불이 꺼져 있는 팝콘 가게였다. 사실 너무 작아서 가게라기보단 창고처럼 보였다. 간판에는 먼지가 잔뜩 쌓여 있었다. 다행히 문은 열려 있었다. 파버드도 윙키가 가리키는 곳을 보고 말했다.

"어서 저기 들어가서 숨자."

파버드의 말이 끝나자 콜로는 어둡고 좁아 보이는 팝콘 가게 안으로 들어갔다. 시로는 콜로와 두 동물이 모두 팝콘 가게로 들어가자 어쩔 수 없이 따라 들어갈 수밖에 없었다. 그곳은 마치 맞지 않는 작은 신발에 발을 구겨 넣는 것처럼 그들의 몸만 간신히 들어갈 수 있을 정도로 비좁았다. 시로는 안으로 들어오자마자 말했다.

"정말 이런 곳에 숨어 있어야 해?"

그때 윙키가 시로의 입을 막으며 말했다.

★ 정체불명의 생명체

"무슨 소리가 들려!"

콜로는 두 손으로 입을 막았다. 옆에 있던 파버드도 한쪽 날개로 부리를 막았다. 얼마 뒤 윙키 말대로 멀리서부터 점점 가까워지고 있는 말발굽 소리가 들려왔다. 불이 꺼진 팝콘 가게 안에 숨어 있던 콜로와 동료들은 점점 커지는 말발굽 소리가 들려오자 눈을 똥그랗게 뜬 채 서로를 바라보았다. 정말 그들이 방금까지 있었던 길로 코르크들이 빠른 속도로 달려오고 있었다. 그들은 검은 회전목마를 타고 달려가며 말했다.

"이 녀석들 도대체 어디까지 도망간 거야!"

콜로는 팝콘 가게 안에서 코르크들의 섬뜩한 목소리를 듣자 온몸에 소름이 돋았다. 콜로뿐만 아니라 옆에 있는 파버드와 윙키도 긴장한 듯 꼼짝도 하지 않았다. 시로도 콜로의 말이 맞아떨어지자 아무 말 없이 그를 쳐다보았다.

코르크들은 순식간에 콜로와 동료들이 숨어 있는 팝콘 가게를 지나쳤다. 코르크들이 지나가는 소리는 마치 달리고 있는 기차 바로 옆에 서 있는 것처럼 뒷골이 당겨왔다. 콜로와 동료들은 코르크들이 팝콘 가게 앞에 있는 길을 지나가고 나서 한참 동안 서로를 쳐다보기만 할 뿐 아무도 입을 열지 않았다. 몇 분이 흘러 코르크들의 소리는 완전히 사라졌다. 시로는 좁은 공간 안에서 답답함을 참지 못해 조용히 속삭였다.

"이제 녀석들이 멀리 가지 않았을까?"

웡키도 그제야 입을 막고 있던 두 손을 떼고 말했다.

"그런 것 같아. 이제 소리가 들리지 않아."

콜로와 파버드도 서서히 긴장이 풀린 듯 몸을 축 늘어뜨렸다. 시로는 솜이 전부 빠져버린 인형처럼 힘없이 앉아 콜로를 보고 말했다.

"네 말이 맞았어."

콜로는 아직 코르크들이 주변에 있다고 생각했는지 속삭이며 대답했다.

"우리가 가지고 있는 목걸이는 평범한 물건이 아닌 것 같아."

콜로는 목걸이를 집어 들고 이리저리 돌려보며 속삭였다.

"겉보기에는 정말 아름다운데."

파버드도 콜로가 들고 있는 목걸이 중심에 붉게 빛나고 있는 보석을 보며 말했다.

"나는 아까 만난 수상한 노인이 너한테 목걸이를 줄 때부터 느낌이 좋지 않았어."

그때 시로가 목걸이를 보고 말했다.

"그럼 내가 목걸이를 걸어볼까?"

콜로와 파버드는 동시에 시로를 쳐다보며 말했다.

"절대 안 돼!"

시로는 장난으로 내뱉은 말이었는데 예민해진 그들이 격양된 말투로 반응하자 고개를 돌리고 입을 삐죽 내밀며 말했다.

"나도 알아. 그냥 말해본 것뿐이었다고."

콜로는 가지고 있는 목걸이를 주머니 안에 넣고 귓속말하듯 말했다.

"이제 밖으로 나가도 될 것 같아."

시로는 드디어 좁고 먼지 쌓여 있는 공간에서 벗어날 수 있다고 생각해 몸을 들썩였다. 파버드는 아직 코르크들이 주변에 있다고 생각하여 말했다.

"내가 나가서 주변을 둘러보고 올게."

파버드는 팝콘 가게 밖으로 나가 날개를 퍼덕이며 높이 올라갔다. 잠시 뒤 파버드는 다시 팝콘 가게 안으로 들어와 고개를 끄덕이며 말했다.

"주변에 코르크들은 없는 것 같아."

콜로는 두 손을 맞대고 말했다.

"그럼 밖으로 나가자!"

콜로는 팝콘 가게 밖으로 나가기 위해 몸을 일으켰다.

그때 윙키가 그의 손목을 강하게 잡아당기면서 일어나지 못하게 했다. 윙키는 마치 사나운 짐승을 발견한 토끼처럼 귀를 쫑긋 세운 채 조용히 말했다.

"잠깐."

콜로는 당황한 눈빛으로 윙키를 보았고 노란 원숭이는 미간을 찌푸려 무언가를 유심히 듣고 있는 모습이었다.

"주변에 발걸음 소리가 들려."

콜로가 심각해진 윙키의 표정을 보고 말했다.

"파버드가 주변에 코르크는 없다고 했잖아."

윙키는 움직이지 않은 채 콜로의 팔을 놓지 않았다.

"코르크는 아니야. 그보다 훨씬 작은 소리야. 이곳에 점점 가까워지고 있어. 나가지 말고 다시 앉아봐."

이제 좁은 곳에서 나갈 수 있다고 생각한 시로가 다시 깊은 한숨을 내쉬었다. 그러자 그의 입안에서 하얀 서리가 뿜어져 나와 벽이 얼어붙었다. 그때 파버드가 좁은 틈으로 밖을 보더니 놀란 마음을 가다듬고 속삭였다.

"저기 수풀 속에서 무언가 움직이고 있어!"

옆에 있던 콜로 형제와 윙키도 좁은 틈으로 사이로 밖을 내다보았고 파버드의 말대로 건너편에 있는 조그마한 덩굴이 흔들리고 있었다. 지금 이곳에는 바람이 불지 않았고 주변 덩굴은 움직이지 않는 것을 보아하니 정말 무언가가 그 안에서 움직이고 있는 것이 분명했다.

콜로와 동료들은 다시 긴장하며 흔들리고 있는 덩굴에 시선을 고정했다. 얼마 지나지 않아 조그마한 형체가 혼자 중얼거리며 모습을 드러냈다. 콜로와 동료들은 좁은 틈으로 길 위로 나온 정체불명의 기이한 형체를 보더니 모두 놀란 듯 시선을 떼지 못했다. 콜로가 보기에 분명 사람은 아니었다.

덩굴에서 나타난 형체는 콜로 몸집의 절반 정도로 작았고 양쪽

◆ 정체불명의 생명체

볼이 도토리를 가득 담은 것처럼 불룩하게 튀어나와 있었다. 양쪽 귀는 토끼처럼 위로 길게 솟아 있었고 뾰족한 송곳니가 턱 아래까지 늘어져 있었다.

기괴한 형체가 갑자기 나타나자 콜로의 등에서 식은땀이 흘러내렸다. 덩굴에서 나온 형체는 무언가를 찾고 있는 듯 고개를 이리저리 돌려가며 길 위에서 서성거렸다.

팝콘 가게 밖으로 나가고 싶어 하던 시로도 저절로 몸을 구겼다. 콜로는 나타난 괴물의 뾰족하고 긴 이빨을 보고 분명 코르크들 중 하나라고 생각했다.

팝콘 가게 안에 있는 콜로와 동료들은 서로 아무 말도 하지 않았지만, 모두가 같은 생각을 하는 듯 숨을 죽인 채 아무도 움직이지 않았다. 그저 갑자기 나타난 괴물이 멀리 떠나가기만을 기다렸다.

그때 길 위에 나타난 조그마한 괴물은 자리에 털썩 주저앉았다. 그는 마치 원하는 장난감을 가지지 못해 기분이 상한 어린아이처럼 두 팔과 다리를 마구 땅에 내려치며 소리쳤다.

"도대체 어디 있는 거야! 그게 없으면 난 살 수 없다고!"

콜로는 특이하게 생긴 괴물의 목소리를 듣자 소름이 돋았다. 마치 괴짜 과학자의 목소리처럼 들렸다. 옆에 있는 동료들도 마찬가지였다. 조그마한 괴물은 계속 울먹거리며 한탄하듯 소리쳤다.

"도대체 어디 있는 거냐고!"

콜로는 갑자기 나타난 괴물이 무언가를 잊어버렸다는 것을 알 수 있었다. 점차 조그마한 괴물은 자리에 눕더니 서럽게 울기 시작했다. 그는 몸을 들썩이면서 눈물을 멈추지 않았다. 그는 땅에 얼굴을 계속 들이박기까지 하며 소리쳤다.

"다 내 잘못이야! 두 손으로 정성스럽게 들고 갔어야 했는데!"

콜로는 괴물이 어떤 이유로 울고 있는지 점차 궁금해지기 시작했고 천천히 몸을 일으켜 정체를 알 수 없는 생명체에게 다가가려 했다.

"내가 가서 말을 걸어볼게."

옆에 있던 웡키가 식겁한 표정으로 말했다.

"그러다 저 녀석이 너를 잡아먹는 괴물이면 어떻게 하려고!"

콜로는 두 손으로 바닥을 짚고 일어섰다. 파버드와 시로도 크게 말은 하지 못했지만 일어서는 콜로를 걱정스러운 눈빛으로 쳐다보았다. 콜로는 쳐다보고 있는 웡키와 파버드를 보며 괜찮다는 듯 고개를 끄덕였다.

결국, 콜로는 혼자 팝콘 가게 밖으로 나가 바닥에 얼굴을 내려찍으며 서럽게 울고 있는 괴물을 향해 다가갔다. 물론 콜로도 긴장되었기에 입이 바짝 말라왔지만 서럽게 울고 있는 그에게 도움을 주고 싶었다.

울고 있는 괴물은 콜로가 자신에게 가까이 다가오는 것을 모르고 있는 듯했다. 콜로는 가까이 다가가 잠시 그를 쳐다보았다. 이후 마른침을 삼키며 조심스럽게 입을 열었다.

✦ 정체불명의 생명체

"뭐를 잃어버린 거야?"

괴물은 아직 콜로의 말을 듣지 못했는지 계속 양쪽 팔로 땅을 내리치며 울었다. 콜로는 그가 말을 듣지 못하자 손으로 등을 툭툭 건드리고 말했다.

"내가 뭐 좀 도와줄까?"

울고 있는 괴물은 콜로를 쳐다보지 않고 대답했다.

"그건 이제 찾을 수 없어! 이렇게 넓은 곳에서 이미 누군가 가져가 버렸을…"

그때 괴물은 갑자기 얼어버린 것처럼 발버둥 치고 있는 행동을 멈추었다. 그는 누군가 자신에게 말을 걸었다는 것에 울음을 뚝 그치고 천천히 고개를 들어 앞에 서 있는 콜로를 발견했다. 괴물은 화들짝 놀라 말했다.

"너는 누구야!"

못생긴 다람쥐처럼 생긴 괴물은 황급히 뒤로 물러나면서 나무에 등을 부딪쳤다. 콜로는 겁에 질린 것 같은 조그마한 괴물에게 천천히 다가가며 말했다.

"괜찮아. 나는 너를 해치지 않아."

그때 팝콘 가게 안에서 상황을 지켜보고 있던 시로는 혹여나 괴상하게 생긴 생명체가 콜로를 잡아먹는 것은 아닌지 자리에서 일어나 밖으로 뛰쳐나갔다. 파버드와 윙키는 밖으로 나가는 시로를 보고 소리쳤다.

"시로!"

시로는 뒤뚱거리는 몸으로 콜로에게 다가가며 소리쳤다.

"콜로! 괜찮아?"

팝콘 가게 안에 있던 파버드와 윙키도 어쩔 수 없이 그를 따라 밖으로 나왔다. 나무에 등을 기대고 있는 괴물은 순식간에 콜로의 친구들까지 나오자 쫑긋 세워진 귀를 떨며 말했다.

"너희들…. 정체가 뭐야!"

그때 콜로는 겁에 질린 괴물을 진정시키기 위해 두 손을 올려 손바닥을 보여주었다.

"우리는 너를 해치지 않아. 그저 네가 찾고 있는 것이 무엇인지 알고 싶을 뿐이야."

겁에 질린 괴물은 의심스러운 눈빛으로 콜로를 보며 말했다.

"정말이야?"

콜로는 조금 긴장이 풀린 것 같은 그를 바라보면서 천천히 말을 이었다.

"정말이야. 내 이름은 콜로. 너는 이름이 뭐야?"

조그마한 괴물은 앞에 서 있는 콜로와 동료들을 쳐다보고 위험한 인물들은 아니라고 생각했는지 귀에 힘을 빼고 입을 열었다.

"내 이름은 카란."

그는 자신의 이름을 말하고도 경계를 전부 풀지 않은 듯 다시 콜로와 옆에 있는 동료들의 눈을 힐끗거렸다.

"나는 이곳에서 아주 중요한 물건을 잃어버렸어. 그건 내 심장만큼 중요한 물건이었는데."

"어떤 물건인데? 알려준다면 우리가 찾아줄 수 있잖아."

"빨간 보석이 박혀 있는 목걸이야."

콜로와 시로는 카란 입에서 나온 말을 듣자마자 동시에 서로를 쳐다보았다. 콜로는 주머니에 있는 목걸이를 꺼내 말했다.

"혹시 이걸 말하는 거야?"

콜로는 카란에게 목걸이를 보여주었다. 카란은 기대하지 않은 듯 콜로가 꺼낸 목걸이를 보았고 마치 잃어버린 아이를 되찾은 엄마처럼 두 손으로 입을 막았다.

"맞아. 이 목걸이야! 너희들이 가져간 거였어?"

"그건 아니야. 우리도 우연히 얻게 됐어. 나는 이 목걸이가 중요한 건지 모르고 있었는데 너에게는 중요한 물건이었구나."

카란은 콜로를 게슴츠레한 눈빛으로 노려보며 말했다.

"설마 목걸이를 목에 걸어보진 않았지?"

콜로는 갑자기 카란이 단호하게 말하는 것을 듣고 대답했다.

"딱 한 번 목에 걸어봤어. 그런데 이 목걸이를 끼고 난 이후에 몸 상태가 이상해져서 그 이후론 절대로 끼지 않았어."

카란은 콜로가 목걸이를 목에 걸어봤다는 말에 두 팔을 들어 올리고 뒷걸음질 치며 놀랐고 이후 콜로가 건넨 목걸이를 집어 들어 심각하게 말했다.

"이 목걸이는 겉으로 보면 아름다운데 안에는 무서운 힘이 담겨 있어."

그때 시로가 카란을 보며 말했다.

"목걸이가 너한테 왜 중요한 건데?"

카란이 대답했다.

"예전엔 아주 환상적이었던 이 비밀 장소를 한순간에 폐허로 만들어 버린 녀석이 있어. 물론 아주 잔인하다고만 들었지 나도 그 녀석의 얼굴을 한 번도 보지 못했어. 그 녀석은 자신의 부하들인 코르크들에게 이 목걸이를 가져오라고 명령했지. 그리고 그들은 목걸이를 쉽게 찾았어. 그중엔 나도 있었지. 하지만 코르크 녀석들이 나를 너무 못살게 굴고 괴롭혀서 어느 날 밤에 내가 이것을 들고 몰래 도망쳤어. 그리고 지금까지 잡히지 않은 거지. 아마 코르크 녀석들은 나를 찾고 있을 거야. 이것을 어둠의 존재가 가지게 된다면 이곳은 평화롭던 예전 모습으로 영원히 돌아가지 못할 거야."

카란은 들고 있는 목걸이를 마치 오아시스에서 두 손으로 뜬 맑은 물처럼 영롱하게 쳐다보며 말했고 목걸이를 다시 콜로에게 건네주며 말했다.

"이건 네가 가지고 있어. 나 같은 녀석은 이런 걸 가지고 다녀봐야 코르크 녀석들에게 금방 잡히거나 또 잃어버릴 것 같거든."

"그래도 되는 거야?"

카란은 고개를 끄덕였다.

"나는 이 목걸이가 코르크들의 손에만 들어가지 않으면 돼."

그 말을 끝으로 카란은 다시 어두운 수풀 속으로 들어갔다. 콜로와 동료들은 그에게서 목걸이를 얼떨결에 받아 한동안 자리에 서 있었고 시계탑으로 가기 위해 다시 발걸음을 내디뎠다. 카란은 몸을 숨겨 콜로가 걸어가는 뒷모습을 보고 헛웃음을 친 뒤 조용히 속삭였다.

"내가 목숨처럼 소중한 걸 그냥 줬을 것 같아? 너희들은 곧장 코르크들에게 잡혀 죽임을 당하겠지. 나는 목걸이만 가지고 아무도 모르는 곳으로 도망가 엄청난 힘으로 나만의 세상을 만들 수 있겠지!"

카란은 입으로 새어 나오는 웃음을 두 손으로 틀어막고 콜로의 뒤를 조용히 쫓아갔다.

굳게 닫혀 있는 문

카란의 말을 듣고 콜로는 손에 들려 있는 목걸이가 저번과 달리 조금 더 묵직하게 느껴졌고 약간의 두려움도 느껴졌다. 윙키는 급하게 사라져 버린 카란을 생각하며 말했다.

"카란은 왜 찾고 있던 목걸이를 우리한테 준 걸까?"

시로가 말했다.

"생김새를 봐. 조금 있으면 코르크한테 잡힐 게 뻔하잖아."

파버드는 콜로 머리 위에서 날갯짓하며 말했다.

"나는 카란한테서 다른 꿍꿍이가 있는 것처럼 보였어. 아무튼, 그 녀석도 다시 만나면 조심해야 할 것 같아."

시로는 파버드를 보고 말했다.

"나는 빨리 이곳에서 빠져나가고 싶어. 혹시 하늘에서 아직 시계탑이 보이지 않는 거야?"

시로의 말을 듣고 파버드는 더 높이 날아올랐다. 그는 저 멀리에 있는 시계탑 꼭대기를 발견하고 소리쳤다.

"이제 조금만 가면 시계탑이 있는 광장에 도착할 수 있겠어."

시로는 그 말을 듣고 설레는 듯 납작한 두 손을 비볐다.

"드디어 인간의 몸으로 다시 돌아갈 수 있겠어!"

윙키가 주의를 둘러보면서 말했다.

"하지만 이제부터 조심해야 해. 코르크들이 어디에 숨어 있을지 모르니까."

그런데 콜로가 고개를 앞으로 내밀며 말했다.

"저기를 봐. 커다란 문이 있는데?"

콜로는 앞을 가리켰고 동료들은 콜로가 가리킨 방향을 보고 정말 거대한 문이 서 있는 것을 보았다. 시로는 닫혀 있는 문을 보고 말했다.

"문을 열고 가면 되잖아."

콜로는 고개를 내저으며 말했다.

"자물쇠가 걸려 있어."

그들 앞에 두꺼운 쇠사슬로 칭칭 감겨 있는 문과 그 중심에 자물쇠가 걸려 있었다. 콜로는 다른 길을 찾아보기 위해 주변을 둘러보았지만, 주변에는 나아갈 수 있는 길이 보이지 않았다. 그저 끝이 보이지 않는 덩굴과 나무뿐이었다. 파버드는 굳게 잠겨 있는 문을 보고 말했다.

"시계탑이 있는 광장으로 가려면 문을 열고 가야 해."

콜로는 주변에 있는 나무들보다 더 높은 문을 보며 말했다.

"일단 가보자. 해결책이 있을지도 모르잖아."

콜로와 동료들은 닫혀 있는 문 앞으로 다가갔다. 콜로는 고개를 올려 높이 치솟아 있는 문을 올려다보았다. 닫혀 있는 문에는 뾰족한 가시가 달린 장미꽃 줄기가 칭칭 감겨 있었다. 콜로는 가시가 없는 곳을 두 손으로 잡고 마구 흔들었다. 문이 덜컹거리긴 했지만 열릴 것 같진 않았다. 그때 뒤에 있던 시로가 손에 입김을 불어 넣으며 말했다.

"잠시만 기다려 봐!"

시로는 입김을 불어 단단한 얼음덩어리를 만들어 내더니 닫혀 있는 자물쇠에 힘껏 내려쳤다. 하지만 자물쇠는 흔들리기만 할 뿐 부서지지 않았다.

그때 오른쪽에서 한 남자가 모습을 드러냈다.

"문을 아무리 부수려 해도 열리지 않는단다!"

어두운 곳에서 나타난 남자의 튀어나온 뱃살은 푸딩처럼 출렁거리고 있었다. 마치 거대한 튜브 몇 개가 배에 끼워져 있는 것처럼 보였다. 얼굴은 산속 야생 멧돼지를 한 손으로 거뜬히 잡을 것처럼 털로 뒤덮여 있었다. 콜로는 갑자기 나타난 아저씨가 문을 열어주러 온다고 생각해 말했다.

"안녕하세요! 혹시 이 문을 열 방법을 아시나요?"

남자는 옷이 터질듯한 뱃살을 출렁이면서 콜로와 동료들이 서 있는 곳으로 가까이 다가왔다.

"당연히 문을 열 수 있지!"

그는 왼쪽 손에 초콜릿이 잔뜩 발린 도넛을 들고 있었다. 도넛 한쪽에는 이미 한입 먹은 듯한 이빨 자국이 선명하게 나 있었다. 콜로는 빨리 문을 열고 싶었기에 그에게 다가가 말했다.

"저희는 이 문을 통해 시계탑이 있는 광장으로 가야 해요. 혹시 문을 열어주실 수 있나요?"

남자는 두 겹으로 쌓인 턱살을 보이며 그를 내려다보았다.

"당연히 열어줄 수 있지!"

그는 문에 걸려 있는 자물쇠를 한 손으로 잡고 의미심장한 웃음을 지으며 말했다.

"하지만 그냥 열어줄 수 없지!"

콜로는 그 말을 듣고 한순간에 표정이 굳어버렸다. 시로는 갑자기 말을 바꾸어 버린 뚱뚱한 남자에게 소리쳤다.

"그게 뭐예요! 저희는 시간이 없으니까 장난치지 말고 얼른 열어주세요!"

"너희들 성격이 급하군. 내가 제안하는 게임에서 통과해야만 문을 열어줄 수 있단다!"

콜로는 어리둥절하며 대답했다.

"게임이요?"

"그래, 간단한 게임. 생각만 해도 정말 재미있을 것 같지 않니? 맞다 내 이름은 글러오프!"

글러오프는 들고 있는 도넛을 한입에 먹어버리고 혼자 재미있다는 듯 호탕한 웃음소리를 내었다. 콜로와 시로는 전혀 어이없다는 표정으로 그를 바라볼 뿐이었다. 그때 시로가 글러오프를 보며 말했다.

"저희는 지금 게임할 시간이 없거든요?"

그러자 글러오프는 갑자기 웃고 있던 표정에서 엄한 선생님처럼 표정이 단호하게 바뀌더니 뒤를 돌며 말했다.

"그럼 문을 못 여는 거지. 그럼 이만!"

그때 콜로가 소리쳤다.

"게임해 볼게요!"

콜로는 흥분한 시로를 보고 말했다.

"어쩔 수 없어. 어떤 게임인지 모르겠지만 우리는 문을 열고 광장으로 가야 하잖아."

파버드도 고개를 끄덕이며 말했다.

"맞아. 우리가 시계탑 광장으로 빨리 가려면 저 뚱뚱보가 제안하는 게임을 해야 할 수밖에 없어."

글러오프는 게임을 하겠다는 콜로의 말을 듣고 다시 뒤를 돌아

자물쇠 앞으로 다가갔다. 그는 문 옆에 있는 빨간색 동그란 버튼을 꾹 눌렀다. 그러자 문에 칭칭 감겨 있던 장미 줄기에서 알록달록한 불빛들이 정신없이 반짝거리기 시작했고 어디에서 들려오는지 모르겠지만 놀이기구를 탈 때 나오는 몽환적인 소리까지 들려왔다.

그때 문 위에 커다랗고 둥근 과녁이 튀어 올라왔다. 과녁 양쪽에는 하얀 날개가 달려 있었다. 글러오프는 과녁이 문 위로 나온 것을 보고 말했다.

"게임의 규칙은 화살로 과녁 중앙을 네 번만 맞히면 된다네. 다만 연습은 없어!"

글러오프의 말을 듣고 시로가 억울하다는 듯 소리쳤다.

"연습 기회가 없다니! 너무해요!"

옆에 있던 파버드가 콜로 어깨에 앉아 말했다.

"수펠도우 님이 주신 활을 사용해야 할 때가 온 것 같아!"

파버드는 몸에 있는 깃털 속으로 부리를 집어넣고 움직이더니 요정 숲 수호신이 콜로가 떠나기 전 건네준 하얗고 반짝이는 활을 꺼냈다.

"이걸로 과녁 중앙을 맞히고 문을 열자!"

콜로는 활을 건네받았다. 그는 막혀 있는 문 위에 있는 과녁을 한참 보았다. 파버드는 화살 몇 개도 물어 꺼냈다.

"콜로! 넌 할 수 있어!"

주변에 서 있는 동료들은 모두 콜로의 활만 쳐다보았다. 그는 활을 들어 잠시 과녁을 조준하는가 싶더니 순식간에 활시위 당긴 후 주저 없이 놓았다. 반짝이는 가루를 흩날리면서 날아가는 화살은 순식간에 과녁 중앙에 꽂혀버렸다. 그 모습을 보고 시로는 두 손을 맞대고 말했다.

"그래 그거지!"

그러면서 시로는 멀뚱히 서 있는 글러오프를 보고 말했다.

"너무 쉬운 거 아니에요? 이제 문을 열 준비하셔야겠어요."

글러오프는 시로의 말을 듣고도 마치 주머니에 도넛이 충분히 있는 듯 여유로운 표정을 지으며 조용히 속삭였다.

"그렇게 만만하다고 생각한다면 큰코다칠 텐데?"

글러오프는 팔짱을 낀 채 문 위에 있는 과녁을 슬그머니 쳐다보았다. 콜로는 과녁 정중앙을 맞히고 난 후 아직 세 발을 더 중앙에 맞혀야 한다는 생각에 천천히 숨을 내쉬었다. 파버드가 화살 하나를 물어 콜로에게 건네주고 말했다.

"힘내!"

콜로는 아무 대답 없이 고개만 끄덕였다. 그는 파버드에게 건네받은 기다란 화살을 활에 끼워놓고 다시 활시위를 당겼다. 콜로는 한쪽 눈을 감고 과녁 중앙을 보았다. 그런데 그때 과녁 양쪽에 있는 하얀 날개가 퍼덕이며 이리저리 움직이기 시작했다. 시로는 글러오프를 보며 소리쳤다.

"이런 게 어디 있어요!"

글러오프는 어디에서 가지고 왔는지 모르겠지만 한 손에 딸기잼이 터져 나온 도넛을 들고 있었고 움직이기 시작한 과녁을 흐뭇하게 바라보고 있었다. 윙키는 글러오프를 보며 소리쳤다.

"저 비겁한 뚱보!"

활시위를 당기고 한쪽 눈을 지그시 감고 있는 콜로는 당황하지 않고 날개가 달린 과녁이 움직이는 방향을 따라 활을 겨냥했다. 얼마 뒤 그는 활시위를 손에서 놓았고 화살은 빠른 속도로 과녁을 향해 날아갔다. 주변에 있는 동료들은 설마 빗나가는 것은 아닌지 걱정하면서 날아가는 화살을 바라보았다.

이번 화살은 첫 번째로 맞혔던 화살 바로 오른쪽에 꽂혔다. 여유롭게 보고 있던 글러오프는 순간 당황한 듯 도넛을 씹는 속도가 느려졌다. 시로는 이번에도 화살이 정중앙에 꽂히자 영롱한 눈빛으로 콜로를 보며 말했다.

"대단한데?"

파버드와 윙키도 서로를 껴안았다. 글러오프는 당황한 것처럼 보였지만 다시 변태 같은 웃음을 지으며 고개를 끄덕였다. 그때 이리저리 움직이던 과녁 앞에 갑자기 강한 바람이 나오기 시작하면서 문 앞에 서 있는 콜로와 동료들은 눈을 제대로 뜰 수 없었다. 콜로의 머리카락은 전부 뽑혀 나갈 것처럼 마구 휘날렸다. 글러오프는 손에서 도넛을 떨어뜨리지 않기 위해 꽉 쥐며 말했다.

"이제 중앙에 맞히지 못할 거야."

파버드는 콜로에게 화살을 넘겨 주었다. 콜로는 강한 바람 때문에 옷자락이 펄럭이고 눈도 크게 뜰 수 없었지만, 심호흡을 크게 하고 난 후 활시위를 잡아당겼다. 그때 바람이 왼쪽으로 강하게 몰아쳤다. 글러오프는 마치 응원하고 있는 야구팀이 큰 점수 차이로 이기고 있는 것처럼 여유롭게 도넛을 우걱우걱 씹으며 과녁을 바라보았다.

콜로는 잠시 눈을 감고 바람의 강도를 측정하는가 싶더니 활을 완전히 옆으로 겨냥했다. 시로는 콜로가 겨냥한 곳을 보고 소리쳤다.

"콜로! 바람이 너무 강해서 눈을 뜨지 못하는 거야?"

하지만 콜로는 겨냥하고 있는 활의 방향을 바꾸지 않았다. 그는 과녁과 완전히 동떨어져 있는 곳에서 활시위를 거침없이 놓았고 화살은 콜로의 손에서 벗어났다. 시로와 두 동물은 콜로가 활을 겨냥한 방향을 보고 좌절한 듯 고개를 떨구었다. 글러오프는 실실 웃으며 속삭였다.

"그렇지 아무리 그래도 이 바람을…."

그때 날아가던 화살은 왼쪽으로 부는 바람을 타고 한 마리의 독수리처럼 방향을 틀기 시작하더니 과녁 정중앙에 꽂혀버렸다. 중앙에 꽂힌 화살을 본 글러오프는 들고 있던 도넛을 바닥에 떨어뜨리고 말했다. 시로가 콜로를 반짝이는 눈빛으로 보며 말했다.

"어떻게…."

글러오프는 떨어뜨린 도넛을 주워 손으로 털어내며 조용히 말했다.

"지금까지 강풍이 부는 세 번째 단계까지 온 사람은 한 번도 없었는데 저 녀석 대단하군, 하지만 아직 한 단계 더 남았어."

그때 파버드는 몸속에서 화살을 꺼내 콜로에게 건네주었다. 콜로는 마지막 화살을 받아 고개를 끄덕였다. 파버드는 콜로를 보며 말했다.

"넌 해낼 수 있어!."

그런데 쉽게 문을 열어줄 수 없다고 생각한 글러오프는 화살을 들고 있는 콜로에게 다가가 말했다.

"잠시만 멈춰!"

마지막 화살을 활에 꽂으려 하던 콜로가 성급히 다가오는 글러오프를 쳐다보았다.

"아저씨, 왜 그러세요?"

"마지막은 내가 주는 화살을 이용해서 과녁에 맞혀야 하네."

시로가 그의 야비한 모습에 더는 못 참겠다는 듯 소리쳤다.

"그건 아니죠!"

글러오프는 시로를 내려다보며 말했다.

"이 게임의 규칙은 내가 정하는 것이니 따르기 싫다면 문을 열어줄 수 없지!"

콜로는 들고 있던 화살을 파버드에게 다시 건네며 말했다.

"알겠어요. 아저씨가 주신 화살을 사용할게요."

글러오프는 들고 있는 화살을 그에게 주었다. 콜로와 동료들은 글러오프가 건넨 화살을 보고 당황할 수밖에 없었다. 윙키가 제자리에서 펄쩍 뛰어오르며 말했다.

"이건 우리한테 문을 열어주지 않겠다는 말씀이잖아요!"

글러오프가 콜로에게 건넨 것은 아주 얇고 썩은 나무로 만들어진 화살이었다. 화살 끝은 뾰족하지도 않아서 과녁에 꽂히지 않을 것 같았다. 글러오프는 윙키가 소리쳐도 아무렇지 않은 듯한 반응을 보이며 말했다.

"어때, 이번에도 중앙을 맞출 수 있겠나?"

콜로는 세게 잡으면 툭 하고 부러질 것 같은 화살을 잠시 바라보았다. 그는 무언가 결심을 한 듯 조심스럽게 화살을 집어 들었다. 윙키는 화가 나서 새하얀 얼굴이 붉게 달아올랐고 시로는 글러오프의 뱃살이 뚫어지도록 째려보았다.

"한번 해볼게요."

콜로는 결국 글러오프가 준 화살을 활에 끼워 넣었다. 글러오프는 부러질 것이 확실한 화살을 콜로에게 건네준 후 조용히 말했다.

"활시위를 당기자마자 부러질 거야. 과녁까지 화살이 날아가지 않겠지."

글러오프는 기괴한 웃음소리를 내며 거대한 문 앞으로 가서 화살을 잡은 콜로를 쳐다보았다. 글러오프의 표정은 마치 도넛 한 상자를 공짜로 얻은 것처럼 입꼬리를 씰룩거리고 있었다. 파버드는

◆ 굳게 닫혀 있는 문

부러질 것 같은 화살을 보며 말했다.

"콜로, 괜찮겠어?"

콜로는 파버드의 말에 아무 대답 없이 그저 얇고 녹슨 화살을 보고만 있었다. 그러다 그는 머릿속을 스쳐 가는 좋은 생각이 떠올랐는지 시로를 보며 말했다.

"나한테 좋은 생각이 떠올랐어!"

두 주먹을 불끈 쥐고 있던 시로는 콜로가 갑자기 쳐다보자 말했다.

"좋은 생각? 그게 뭔데."

콜로는 시로 입 앞에 글러오프가 준 얇은 화살을 가져다 대며 말했다.

"이곳에 입김을 불어줘."

시로는 콜로가 뜬금없이 화살을 입에 들이밀자 당황하며 말했다.

"내가 화살에 입김을 불라고? 그럼 얼어버릴 텐데?"

그때 파버드는 콜로의 생각을 읽었는지 시로 어깨에 앉아 말했다.

"그게 콜로가 한 생각이야. 글러오프가 건네준 화살에 너의 입김을 불어 단단하게 만들려고 하는 거지."

콜로는 파버드의 말을 듣고 자신이 하고 있던 생각과 일치해 고개를 끄덕였다.

"맞아. 화살의 무게는 더 무거워질 테지만 내가 무게를 예측해서 한번 도전해 볼게."

시로는 의아했지만 콜로가 맑은 눈빛으로 쳐다보고 있자 어쩔 수 없이 그가 들이밀고 있는 얇고 기다란 화살에 입김을 불기 시작했다. 시로가 입김을 불자 화살 겉 부분에 점점 하얀 서리가 생기더니 단단한 얼음이 얇은 화살을 감쌌다. 윙키는 옆에서 그 모습을 보며 말했다.

"정말 근사한데?"

시로는 뭉툭했던 화살 끝부분에도 입김을 불어 독사의 송곳니처럼 뾰족하게 만들어 주었다. 콜로가 들고 있는 화살은 무거워졌지만 절대 부러지지 않을 것 같았다. 시로는 화살 끝이 뾰족해진 것을 보고 말했다.

"이 정도면 되지 않아?"

콜로는 정말 시로가 입김을 불어 만들어 준 화살을 보며 저절로 입가에 미소가 지어졌다. 문 옆에서 그들의 모습을 지켜보고 있는 글러오프는 혼자 말했다.

"저 녀석들 갑자기 뭐 하는 거야? 자기네들이 문을 통과하지 못할 것을 미리 알고 어디로 가야 할지 정하고 있는 것이 분명해."

콜로는 얼음으로 둘러싸인 화살을 반짝이는 활에 끼워 넣었다. 그는 거대한 문 위에 있는 과녁을 보며 말했다.

"할 수 있어."

콜로는 한쪽 눈을 감으며 숨을 깊게 들이마시고 천천히 내뱉었다. 그리고 그는 과녁을 향해 활을 겨냥했다. 주변에 서 있는 동료들은 걱정과 기대가 섞인 눈빛으로 콜로의 화살만 바라볼 뿐이었다. 글러오프는 당연히 콜로가 이미 포기한 것처럼 보여 비웃으며 보고 있었다.

콜로는 활시위를 팽팽하게 잡아당겼다. 그는 손으로 잡은 부분이 얼음으로 감겨 있어 미끄러웠기에 엄지손가락과 집게손가락에 더 힘을 주었다. 그 후 어금니를 깨물고 과녁을 바라보았다.

몇 초 뒤 콜로는 활시위를 놓았고 화살은 과녁을 향해 엄청난 속도로 날아갔다. 화살은 얼음으로 만들어져 그런지 전에 쏘았던 것들보다 더 묵직하게 날아갔다. 글러오프는 이제 자신이 건네준 화살이 부러지기만을 기다리며 말했다.

"내가 쉽게 문을 열어줄 것 같아?"

화살에 가속도가 붙어 더 빨라졌다. 잠시 뒤 시로가 뾰족하게 만들어 준 화살 끝은 첫 번째로 정중앙에 맞혔던 화살을 반으로 쪼개면서 과녁에 꽂혀버렸다. 콜로는 과녁을 보고 두 팔을 높이 들어 올렸다. 엄청난 광경을 목격한 시로와 두 동물도 마치 외계 생명체라도 마주친 것처럼 놀라 입을 크게 벌렸다.

글러오프는 건네준 화살이 부러지지 않고 중앙에 박힌 것을 보자 털썩 주저앉았다. 그가 바닥에 앉아 있는 모습은 살이 두둑하게 오른 독두꺼비처럼 보였다.

"저 화살은 분명히 부러져야 하는데!"

네 개의 화살이 중앙에 꽂힌 과녁은 다시 문 아래로 사라졌다. 글러오프는 어쩔 수 없이 콜로 일행에게 문을 열어줘야만 했다. 시로는 망연자실하며 앉아 있는 글러오프에게 다가가 말했다.

"과녁에 네발 전부 중앙에 꽂았으니 문을 열어주세요. 약속은 지켜주셔야죠!"

글러오프는 일어나지 못하고 주머니에 있는 열쇠를 시로에게 던졌다. 시로는 그가 던진 열쇠를 받아 자물쇠에 집어넣었다. 잠시 뒤 거대한 문은 서서히 열렸고 문을 휘감고 있던 장미 줄기도 풀렸다.

절대 열리지 않을 것만 같았던 문이 서서히 열리자 콜로 형제와 동물들은 앞으로 걸어 나갔다. 시로는 아직도 주저앉아 있는 글러오프를 보며 놀리듯이 말했다.

"아저씨 잘 있어요! 저희는 갑니다!"

글러오프는 문이 열리고 콜로와 친구들이 들어가는 것을 보며 말했다.

"어차피 그곳에는 코르크들이 득실거리고 있을 테니 너희들은 영원히 빠져나가지 못할 거야!"

클러오프는 화가 난 듯 손에 들려 있는 초콜릿 도넛을 입안에 욱여넣었다.

★ 굳게 닫혀 있는 문

시계탑 광장에서 전투

열린 문을 통해 들어온 콜로와 동료들은 눈 앞에 펼쳐진 공간을 보며 순간 당황했다. 정말 몇백 년 동안 아무도 들어온 적 없었던 것처럼 길이 없었고 몇몇만이 이곳을 지나간 듯 식물들이 정리되지 않고 불규칙적으로 나 있었다. 시로는 콜로의 엄청난 활 실력에 아직도 여운을 느끼고 있었다.

"콜로! 너 정말 대단했어!"

콜로는 쑥스러운 듯 두 뺨이 붉어졌고 머리를 긁적이며 말했다.

"운이 좋았을 뿐이야."

웡키는 콜로에게서 시선을 떼지 않으며 말했다.

"전에 활을 쏴봤던 적이 있었어?"

"그런 적 없어. 운이 좋았을 뿐이야."

그때 시로는 자신도 칭찬을 받고 싶은지 헛기침을 하고 조용히 말했다.

"마지막에 내가 만들어 준 얼음 화살 덕분인 것도 있지?"

콜로가 고개를 끄덕이며 말했다.

"맞아. 형이 화살을 단단하게 만들어 주지 않았다면 글러오프가 건네준 화살은 날아가면서 부러졌을 거야."

시로는 콜로의 말을 듣고 두 손바닥을 자랑스럽게 보았다. 파버드와 윙키도 마지못해 고개를 끄덕였다. 콜로는 옆에서 날고 있는 파버드를 보며 말했다.

"조금만 더 가면 시계탑 광장에 도착할 수 있는 거지?"

파버드는 하늘 높이 올라 주변을 둘러보고 다시 내려와 말했다.

"이제 너희들도 시계탑이 보일 거야."

콜로는 파버드의 말을 듣고 힘차게 손뼉을 치며 말했다.

"조금만 더 힘내자고!"

콜로는 팔을 앞뒤로 흔들며 힘차게 나아갔다. 그런데 시로는 팝콘 가게 안에 숨어 있을 때 앞을 지나갔던 코르크들이 생각나 괜히 주변을 둘러보며 말했다.

"코르크들이 어디선가 우리를 기다리고 있진 않을까? 어쩌면 지금도 우리를 보고 있을 수 있어."

윙키는 시로가 주변을 두리번거리며 말하자 옆으로 날아가 말했다.

"아니야. 코르크들은 엉뚱한 장소에서 우리를 찾고 있겠지. 그래도 우리는 항상 조심해야 해."

콜로도 고개를 끄덕이며 말했다.

"그 녀석들은 우리가 예상하지 못할 때 나타날 수도 있어."

콜로 형제와 동물들은 다시 긴장감을 가지고 앞으로 나아갔다. 주변에는 콜로의 키만 한 잔디만 있을 뿐 생명체의 흔적이라고는 찾아볼 수 없었다. 그때 윙키가 팔을 높이 올려 말했다.

"저 위를 봐! 시계탑 꼭대기가 보이는 것 같아!"

윙키 입에서 나온 반가운 소리에 콜로는 고개를 들었고 정말 멀리에서 시계탑의 꼭대기를 보았다. 콜로는 깊은 한숨을 내쉬며 말했다.

"조금만 더 가면 되겠네. 근데 지금 체력이 완전 바닥이야."

콜로의 어깨도 줄이 끊긴 꼭두각시처럼 축 처져 있었다. 옆에서 뒤뚱거리며 걷고 있는 시로는 지친 콜로를 보며 말했다.

"시계탑 광장까지만 가면 집으로 돌아갈 수 있어."

콜로는 고개를 끄덕이며 말했다.

"어서 그랬으면 좋겠어. 이제 점점 눈도 감겨오는 것 같아."

그때 그들 뒤쪽에서 부스럭거리는 소리가 들렸다. 귀가 예민한 콜로는 황급히 고개를 돌렸다. 옆에서 걷던 윙키도 뒤를 돌아보았다.

"방금 뒤에서 무슨 소리가 들렸어."

콜로도 고개를 끄덕이고 소리가 난 방향을 보며 말했다.

"맞아. 나도 들었어. 분명히 누군가 있어."

시로는 그들의 말을 듣고 얼음덩어리를 만들어 내기 위해 입 앞에 손바닥을 가져다 댔다. 파버드도 콜로와 윙키가 보고 있는 방향으로 몸을 돌렸다. 윙키는 소리가 난 곳을 보고 소리쳤다.

"그곳에 있는 거 다 알아! 어서 나와!"

윙키의 목소리는 크지 않았지만 지금 그들이 있는 공간은 숨소리조차 크게 들릴 정도로 조용했기에 멀리 울려 퍼졌다. 그러자 어두운 곳에서 몸을 숨기고 있던 카란이 슬그머니 나타났다. 카란은 그들이 거대한 문을 열고 안으로 들어올 때 뒤에서 전부 지켜보고 있었고 문이 닫히려고 할 때 몸을 던져 간신히 그들 뒤를 쫓아올 수 있었다. 콜로는 카란을 다시 만나 반가운 듯 오른팔을 들고 말했다.

"너는 왜 여기에 있는 거야? 도망간다고 하지 않았어?"

카란은 그들에게 들키자 고개를 숙여 속삭였다.

"젠장, 더 조심스럽게 움직였어야 했는데."

콜로는 카란이 속삭이자 가까이 다가가 말했다.

"뭐라고?"

카란은 머리를 쥐어짜며 따라온 이유를 급히 만들어 냈다.

"그게….'

시로는 그를 의심스러운 눈빛으로 보며 말했다.

"우리를 왜 계속 따라오는 거야. 무슨 속셈이라도 있는 거야?"

카란은 시로가 자신의 머릿속을 들여다본 것처럼 온몸이 발가벗

겨진 느낌이 들었고 말을 더듬었다.

"너희가 폐허가 된 이곳에서 무사히 밖으로 나가는 걸 지켜보려고 따라온 거야. 다른 이유는 없어!"

카란의 온몸을 덮고 있는 갈색 털과 하늘 위로 쫑긋 솟아 있는 길쭉한 귀는 그의 말과 다르게 떨리고 있었다. 시로는 그의 떨리는 목소리를 듣고 더 의심스러운 눈초리로 보았다. 콜로는 횡설수설하는 카란을 보며 말했다.

"우리랑 같이 광장으로 가자!"

카란은 당황하며 말했다.

"그건 싫어!"

콜로가 말했다.

"왜 싫은데?"

카란은 그들 앞에 있으면 자신의 속마음을 들킬 수도 있다고 생각했는지 빠르게 뒤를 돌아 다시 어두운 곳으로 사라졌다. 콜로는 고개를 갸우뚱거리며 말했다.

"왜 그러는 거지?"

옆에 서 있던 윙키는 카란이 사라져 버린 곳을 유심히 보고 말했다.

"저 녀석은 이상한 속셈을 가지고 있는 게 분명해. 그렇지 않다면 우리를 따라다닐 이유가 없어."

파버드도 윙키와 같은 생각인지 고개를 끄덕거리며 말했다.

"맞아. 떨리는 눈동자와 털을 보고 조그만 괴물 녀석이 거짓말을 하고 있다는 것을 바로 알 수 있지."

그들은 카란이 사라진 곳을 한동안 쳐다보았고 콜로는 다시 가던 길로 몸을 돌리면서 말했다.

"그런 건 신경 쓰지 말고 우리가 가야 하는 시계탑 광장으로 가자!"

그들은 다시 앞으로 나아갔고 점점 시계탑 광장에 가까워지고 있다는 것을 느낄 수 있었다. 삼십 분 정도가 지나자 시로가 납작한 팔을 높게 들어 소리쳤다.

"저기 시계탑이 보여!"

시로뿐만 아니라 옆에 있던 동료들도 이미 넓게 펼쳐진 광장을 보고 있었다. 파버드는 광장이 보이자 느려졌던 날갯짓에 힘을 더했다. 콜로는 거대한 시계탑이 선명하게 보이자 지친 얼굴에 미소를 보이며 말했다.

"이제 집으로 돌아갈 수 있는 거야?"

시로도 한껏 들뜬 어조로 말했다.

"그럼 나도 뒤뚱거리는 펭귄의 몸에서 벗어나는 거지!"

그들은 뛰는 것처럼 발걸음을 빠르게 움직였고 길이 있지 않던 곳에서 빠져나와 넓게 펼쳐져 있는 시계탑 광장에 첫발을 내디뎠다. 시계탑은 마치 거대한 콜라병 세워놓은 것처럼 보였다. 콜로는 시계탑 위아래를 훑어보며 말했다.

"저기에 시계가 있어!"

시계탑 꼭대기 부분에 둥근 시계가 붙어 있었고 시곗바늘들은 역시 멈춰 있었다. 윙키는 시계탑에 붙어 있는 시계를 보면서 말했다.

"저기에 가서 시계를 작동시키기만 하면 되겠네!"

파버드는 미소를 짓고 있는 콜로를 바라보며 말했다.

"드디어 나갈 수 있겠어."

"고마워 파버드."

그런데 그때 광장 한쪽에서 반갑지 않은 기괴한 목소리가 들려왔다.

"드디어 왔군. 너희들을 그냥 보내줄 줄 알았어?"

광장 한쪽에 숨어 있던 코르크 두 명이 모습을 드러냈다. 검은 투구를 쓴 코르크가 콜로를 보고 말했다.

"우리가 얼마나 기다렸는데. 드디어 왔군."

콜로는 타이랑과 롱프의 목숨을 앗아간 코르크들과 다르게 생긴 코르크들이 앞을 막아서자 아래턱이 으스스 떨려왔다. 콜로는 앞을 가로막은 코르크들을 보며 말했다.

"우리는 이곳에서 나가야 해!"

머리에 검은 두건을 감싼 코르크가 갈라진 목소리로 껄껄 웃고 난 뒤 말했다.

"미안하게 됐지만, 너희들은 이곳에서 영원히 나가지 못하게 될 거야. 우리 주인님께서 애타게 찾으시는 목걸이를 되찾기 전까지 아무도 나갈 수 없어."

콜로는 흠칫 놀라 곁눈질로 시로를 쳐다보았다. 투구를 쓴 코르크는 손에 들고 있는 망치를 들고 말했다.

"카란 녀석이 목걸이를 훔쳐 가서 귀찮게 됐어."

코르크들의 소리를 듣고 콜로는 주머니에 손을 넣어 목걸이를 만지작거렸다. 그는 목걸이를 빼서 코르크에게 건네주려 했지만 윙키가 그의 팔을 잡고 고개를 저으며 말했다.

"꺼내지 마."

콜로는 천천히 고개를 돌려 윙키를 보았다. 윙키는 입을 움직이지 않고 말하기 시작했다.

"목걸이가 저들의 손에 들어가게 된다면 이곳은 예전 모습으로 영영 돌아가지 못할 거야."

콜로는 주머니 속에서 만지고 있던 목걸이를 다시 놓고 코르크들을 보며 말했다.

"시계탑으로 갈 수 있게 길을 비켜줘!"

투구를 쓴 코르크는 들고 있는 망치를 들었다 났다 하며 말했다.

"너는 우리 말을 이해하지 못하는 것 같군. 다시 말하지만 우리는 목걸이를 되찾을 때까지 절대로 길을 비켜줄 수 없어. 나를 죽이지 않는 이상 시계탑으로 갈 수 없단 말이지."

코르크의 말을 듣자 시로는 입김을 불어 단단한 얼음덩어리를 만들어 냈다. 검은 두건을 쓴 코르크가 얼음덩어리를 보고 말했다.

"설마 그 무서운 걸 우리한테 던지려는 건 아니지?"

시로는 눈을 치켜뜨며 말했다.
"시계탑으로 가는 길을 막는다면 던져버릴 거야!"
시로 앞에 서 있는 두 코르크는 서로를 바라보며 크게 웃었다. 그들의 웃음소리는 마치 하늘을 날고 있는 엄청난 수의 까마귀들이 한꺼번에 울고 있는 것처럼 기괴했다.

한편, 몰래 뒤따라온 카란은 나무 뒤에 숨어 콜로 일행이 코르크들과 마주친 것을 보았다. 카란은 한 손으로 입을 막고 실실 웃으며 속삭였다.
"그래! 어서 싸우라고! 나는 목걸이만 쏙 빼서 도망가면 되는 거야."
카란이 나무 뒤에서 고개만 쑥 빼내 그들을 보고 있던 그때 시계탑 앞에 서 있는 누군가를 보았다. 카란은 눈을 찡그리고 고개를 더 빼내 서 있는 형체를 자세히 보았다.
"코르크는 아닌 것 같은데."
잠시 뒤 카란은 시계탑 앞에 서 있는 형체가 누구인지 알고 나무 기둥을 두 손으로 꽉 잡고 겁에 질린 듯 눈동자가 흔들렸다.
"저 녀석은…!"
카란은 시계탑 앞에 서 있는 형체를 보자 잽싸게 나무 뒤로 몸을 숨겨 가슴을 쓸어내리고 조용히 말했다.

"인간들하고 코르크들이 싸울 때까지 기다려 보자 분명 나한테 기회가 올 거야."

카란은 나무 뒤에 몸을 숨긴 채 몇 번씩 고개만 내밀어 혹시나 목걸이가 코르크에게 넘어간 것은 아닌지 불안해했다.

시로는 손바닥 크기의 얼음덩어리 두 개를 만들어 자신감 있는 표정으로 코르크들을 보며 소리쳤다.

"우리는 밖으로 나가야 하니까 길을 비켜!"

코르크들의 웃음소리가 갑자기 멈추었다. 투구를 쓴 코르크는 망치를 꽉 쥐어 잡았고 두건을 감싼 코르크는 검은색 활을 집어 들었다.

"우리를 죽여야 시계탑으로 갈 수 있다고 말했을 텐데?"

투구를 쓴 코르크는 검은 회전목마의 고삐를 당겨 콜로가 서 있는 방향으로 빠르게 돌격하기 시작했다. 뾰족한 뿔이 달린 검은 회전목마도 흥분한 것처럼 눈을 치켜뜨고 있었다. 그때 파버드가 콜로에게 활을 건네주며 말했다.

"이걸 받아!"

콜로는 다급하게 활을 잡았고 순식간에 달려오는 코르크에게 쏘았다. 투구를 쓴 코르크는 들고 있는 망치로 날아오는 뾰족한 화살을 내려쳐 바닥에 떨궜다. 시로는 얼음덩어리를 힘껏 던졌는데 머리에 두건을 감싼 코르크가 검은 화살을 쏘아 날아오는 얼음덩어리를 맞혀 박살 내버렸다.

콜로는 자신이 쏜 화살이 먹히지 않자 당황했고 돌진해 오는 회전목마를 피하고자 옆으로 굴렀다. 그때 콜로는 달려오던 말의 앞발에 차이게 되면서 내동댕이쳐졌고 바닥을 구르며 배를 움켜잡았다. 그 모습을 보고 시로는 소리쳤다.

"콜로!"

망치를 들고 있는 코르크는 고통스러워하는 콜로의 몸을 내려치기 위해 팔을 높이 올렸다. 그때 윙키는 코르크 몸에 뛰어올라 달라붙었고 투구를 쓴 코르크는 달라붙은 윙키를 떼어내기 위해 망치를 마구 휘둘렀다. 윙키는 그의 몸에 달라붙어 움직이다가 망치에 맞아 콜로와 같이 바닥에 굴러떨어지고 말았다. 파버드도 코르크의 손에서 망치를 빼앗기 위해 날개를 퍼덕이며 손에 달라붙었다.

그런데 뒤에서 활을 겨냥하고 있던 두건 쓴 코르크가 활을 쏘았고 나무로 만들어진 파버드의 한쪽 날개를 관통했다. 날개가 찢어진 파버드는 더는 날 수 없었다. 콜로는 주저앉은 채 배를 부여잡으며 코르크들을 노려보며 소리쳤다.

"내 친구들을 다치게 하다니!"

콜로는 몸에서 끓어오르는 알 수 없는 힘이 생겨나 자리에서 벌떡 일어나 활을 집어 들었다. 그리고 그는 시로를 보고 소리쳤다.

"얼음 화살을 만들어 줘!"

시로는 콜로의 말을 듣고 입김을 불어 순식간에 기다랗고 뾰족한 고드름 같은 화살을 만들어 냈다. 시로는 화살을 콜로에게 던져 주었고 콜로는 화살을 받자마자 바로 활에 끼워 넣었다. 그는 머리에 두건을 감싼 코르크의 가슴을 향해 겨냥한 뒤 주저 없이 쏘았다. 뾰족한 화살은 순식간에 날아가 두건을 감싼 코르크 가슴에 박혔다. 그는 소리도 지르지 못한 채 말 아래로 힘없이 떨어졌다. 망치를 들고 있는 코르크는 그 모습을 보고 황급히 말 머리를 돌려 시계탑이 있는 방향으로 도망쳤다. 콜로는 망치에 맞아 쓰러진 윙키와 한쪽 날개가 찢어진 파버드를 향해 다가갔다.

"애들아 괜찮아?"

윙키는 망치에 맞은 통증이 심해 쉽게 일어나지 못했다. 파버드도 나무로 만들어진 날개가 찢어지자 쉽게 움직일 수 없었다. 파버드는 콜로를 보며 말했다.

"어서 시계탑으로 가!"

"그럼 너희들은?"

윙키가 왼쪽 갈비뼈를 부여잡고 얼굴을 찡그린 채 소리쳤다.

"어서 시계탑으로 뛰어!"

콜로와 시로는 어쩔 수 없다는 듯 자리에서 일어나 시계탑을 향해 뛰어갔다. 그런데 시계탑 앞에서 누군가가 그들을 기다리고 있는 것처럼 서 있었다. 시로는 그를 보자마자 말했다.

"피에로?"

그는 엔드랜드 입구 앞에서 콜로의 입장권을 찾아주었던 피에로였다. 콜로는 시계탑으로 달려가며 소리쳤다.

"이번에도 우리를 도와주려고 하나 봐!"

옆에서 같이 뛰고 있는 시로가 이상하다는 듯 고개를 저었고 피에로를 보며 말했다.

"아니야. 저 사람의 눈을 봐! 그때와 달라."

그때 피에로는 시계탑 가까이 다가온 콜로와 시로를 보며 말했다.

"귀여운 친구들, 여기에서 또 만날 줄은 몰랐네?"

콜로는 피에로를 보고 다급하게 소리쳤다.

"어서 멈춰 있는 시계를 작동시켜 주세요!"

피에로는 콜로의 말을 듣고 멈춰 있는 시계에서 빠져 있는 톱니바퀴를 집어 그들에게 보여주었다. 이후 그는 들고 있던 톱니바퀴를 멀리 던져버렸다.

"너희들은 이제 이곳에서 영원히 나갈 수 없단다."

콜로와 시로는 자리에서 걸음을 멈췄다. 피에로는 콜로 형제가 가까이 다가오자 시계탑 한쪽에 있는 동그란 고무 버튼을 꾹 눌렀다. 그러자 광장의 땅이 돌림판처럼 시계 방향으로 천천히 돌아가기 시작하더니 순식간에 속도가 붙어 서 있을 수 없을 정도로 빠르게 회전했다. 광장에 서 있던 콜로와 시로는 어지러움에 그 자리에서 넘어지고 말았다. 피에로는 광장 바닥이 빠르게 회전하고 있는 것을 보고 말했다.

"새로운 놀이기구인데 어때? 재밌지?"

피에로는 고통스러워하는 콜로와 시로를 보고 입꼬리가 귀까지 닿을 정도로 크게 웃었다. 바닥에 주저앉은 콜로는 몸에 있는 것들이 전부 입 밖으로 쏟아져 나올 것처럼 속이 울렁거렸다. 피에로는 콜로와 시로가 정신을 차리지 못하자 흥분한 듯 격양된 목소리로 말했다.

"더 짜릿하게 해줄게!"

콜로는 헛구역질을 해대며 말했다.

"제발 살려주세요!"

그때 콜로 주머니에 들어 있던 목걸이가 밖으로 빠져나오게 되었고 피에로는 찾고 있던 목걸이를 발견하자 빙빙 돌아가던 놀이기구를 급히 멈추고 목걸이가 떨어져 있는 곳으로 가까이 다가갔다. 콜로와 시로는 어지러움에 놀이기구가 멈췄음에도 온 세상이 이리저리 돌아가고 있는 것처럼 보여 일어날 수 없었다. 피에로는 떨어져 있는 목걸이를 줍기 위해 가까이 다가와 허리를 숙였다.

그런데 피에로가 손을 뻗으려고 하는 그 순간 반짝이는 화살 하나가 빠르게 날아와 목걸이 앞에 박혔다.

문이 열리다

피에로는 내밀려던 손 바로 앞에 새하얀 화살이 꽂혀버리자 놀란 듯 뒷걸음질 치다 뒤로 넘어졌고 화살이 날아온 방향을 보며 소리쳤다.

"어떤 녀석이야!"

결국, 피에로는 땅에 떨어져 있던 목걸이를 줍지 못했다. 콜로도 화살이 날아온 방향으로 고개를 돌렸다. 그곳을 보니 마치 터널 끝에서 나오는 밝은 빛처럼 아주 반가웠다.

"요정…."

화살을 쏜 방향에는 요정 숲 수호자 수펠도우가 날개 달린 하얀 회전목마를 타고 있었고 뒤에 반짝이는 날개를 가진 요정 숲 군사들도 있었다. 수팰도우가 탄 백마는 쓰러져 있는 콜로 앞으로 순식간에 날아왔다.

뒤에서 요정들이 나타난 상황을 지켜보던 카란은 모습을 들키지 않기 위해 나무 위로 올라갔고 바닥에 떨어져 주인을 찾지 못하는 목걸이를 보고 입맛 다시며 말했다.
"내 계획대로 되고 있어!"
카란은 맛있는 음식에서 풍기는 향기를 맡은 것처럼 침을 크게 삼키고 혀로 입술을 핥았다. 잠시 뒤 그는 바닥에 놓여 있는 목걸이를 낚아챌 기회가 왔다고 생각했는지 나무 아래로 내려가 조심스럽게 광장 안으로 들어갔다.
"어차피 목걸이는 내 손에 들어올 거였어!"
카란은 허리를 숙여 조용히 움직였다.

한편, 피에로는 그토록 찾고 싶던 목걸이를 눈앞에서 놓치고 새하얀 옷과 나비 같은 날개가 달린 요정 군단이 나타나자 주먹을 꽉 쥐며 말했다.
"요정들이 이곳까지 내려오다니. 엔드랜드는 내 손 안에 들어오기 바로 직전이었는데! 저 녀석들을 모조리 없애버려야겠어!"

피에로는 주변을 둘러보며 소리쳤다.

"어서 나와서 요정들의 날개를 전부 찢어버려!"

그가 소리치자 광장 곳곳에 숨어 있던 코르크들은 검은 칼을 들고 광장 안으로 몰려들기 시작했다. 코르크들은 피에로가 화가 난 것처럼 보이자 검은 회전목마의 속도를 높여 신속하게 달려왔다.

콜로와 시로는 아직 어지러움에서 완전히 회복되지 못했기에 일어날 수 없었고 날개 한쪽이 떨어져 나간 파버드와 망치로 갈비뼈를 맞아 고통스러워하는 웡키도 싸울 수 없었다. 하지만 수팰도우와 뒤따라온 요정 숲 군사들은 콜로와 동료들이 주저앉아 있는 곳을 둥글게 둘러쌌다. 수팰도우는 숨을 헐떡이고 있는 콜로를 보고 말했다.

"몸은 괜찮은가?"

콜로는 바닥에 침 한 방울을 흘리고 초점 없는 눈으로 고개를 올려 말했다.

"버틸 만해요. 와주셔서 감사해요."

그때 주변에서 무자비하게 달려들기 시작한 코르크들은 광장 중앙에 모여 있는 요정들의 날개를 찢기 위해 칼을 휘둘렀다. 요정들은 날개를 움직여 사뿐히 하늘로 날아올라 가까이 다가오는 코르크들을 향해 화살을 쏘아댔다. 엄청난 수의 요정들이 쏘아대는 화살은 마치 하늘에서 반짝거리는 소나기가 세차게 내리는 것처럼 보였다.

무식하게 달려드는 코르크들은 비처럼 쏟아지는 화살을 보고 당황했고 뒤따라오는 코르크의 달려오는 속도가 확연히 줄었다. 얼마 뒤 코르크들의 몸에는 선인장처럼 화살이 마구 꽂혀 쓰러졌다.

"콜로, 괜찮아?"

시로가 일어나지 못하는 콜로 가까이 기어 오며 말했다. 콜로도 시간이 지나자 어지러움이 괜찮아졌는지 눈앞 시야가 점점 정상적으로 되돌아왔다.

"아까보단 괜찮아졌어."

그때 소란스러운 틈을 타 카란이 광장 안으로 들어왔다. 조그마한 괴물은 마치 하수구 안에 있는 생쥐처럼 코르크들과 요정들에게 들키지 않고 목걸이가 놓여 있는 곳까지 재빠르게 다가갔다. 카란은 코르크에게 잡히기라도 할까 봐 기다란 두 귀를 접고 달렸다. 다행히 그는 아무에게도 들키지 않고 목걸이 앞에 다가섰다. 바닥에 떨어져 있던 목걸이는 코르크들의 발에 차이고 차여 광장 끝에 놓여 있었다.

"이제 엔드랜드는 내 손안에 들어오는 거야."

카란은 주변의 아무것도 보이지 않았다. 오직 붉은 보석이 박힌 목걸이를 보고 그것을 잡았다.

"그래, 이 향기를 맡고 싶었어."

그는 다시 고개를 숙이고 이리저리 움직이고 있는 코르크의 다리 사이를 지나 어두운 곳으로 도망치기 시작했다. 그때 피에로는 시계탑 앞에 서서 사라진 목걸이를 찾다가 카란이 목걸이를 가지고 어두운 곳으로 달려가는 것을 보았다.

"저 쥐새끼 같은 녀석!"

피에로는 카란이 도망가는 곳을 따라 움직이며 말했다.

"감히 내 목걸이를 가져가?"

카란은 목걸이를 들고 광장에서 빠져나와 아무도 찾을 수 없는 곳으로 멀리 도망가려 했다. 잠시 뒤 그는 광장을 빠져나왔고 점점 긴장이 풀리는지 걸음 속도를 늦추며 비웃듯이 말했다.

"너희들끼리 잘 싸워라. 나는 아무도 모르는 곳으로 떠난다!"

그는 마지막으로 고개를 돌려 광장 안에서 격하게 싸우고 있는 코르크들과 요정들을 보았다. 그런데 그때 카란 앞에 어두운 그림자 하나가 드리우더니 그를 보고 나지막이 말했다.

"목걸이를 가지고 도망가려고?"

카란은 너무 놀라 들고 있던 목걸이를 바닥에 내팽개치며 말했다.

"피에로…."

피에로는 흉측한 미소를 짓고 뒷걸음질 치는 카란을 향해 천천히 다가오면서 말했다.

"왜 나를 보고 벌벌 떠는 거야. 잘못한 거라도 있나 봐?"

카란은 그 자리에서 도망가기 위해 재빨리 방향을 틀었다. 그러나 피에로는 그의 움직임을 예상이라도 한 듯 몸통을 강하게 걷어찬 후 말했다.

"감히 우리 주인님이 원하시는 목걸이를 훔쳐 가?"

피에로는 허리춤에 끼워져 있던 칼집에서 칼을 빼내 들었다. 그가 들고 있는 칼은 마치 망망대해 안에서 무서운 해적들이 사용하는 것처럼 칼날이 길고 날카로웠다.

"다신 도망가지 못하게 너의 다리를 잘라줄게."

카란은 무릎을 꿇고 손바닥에 불이 날 것처럼 비비며 말했다.

"제발 한 번만 살려줘! 목걸이도 가져가!"

피에로는 카란이 울먹이며 말하는데도 표정 하나 변하지 않고 무심하게 내려다보았다.

"이미 늦었어."

피에로는 그가 도망가지 못하게 목덜미를 잡고 다리를 잘라내려 했다. 카란의 몸은 심하게 떨리고 있었고 그는 눈을 꾹 감았다. 그런데 그때 피에로의 가슴 중앙에 뾰족한 고드름이 날아와 박혀버렸다. 피에로는 가슴에 차가운 고드름이 소리도 없이 날아와 박히자 쥐고 있던 칼을 떨어뜨렸다.

"억!"

이후 피에로는 힘없이 뒤로 쓰러졌다. 카란은 고개를 돌려 뒤를 보았고 그곳에 콜로가 반짝이는 활을 들고 숨 가쁘게 달려오고 있었다.

"카란! 괜찮아?"

콜로는 얼굴이 창백해진 카란을 보며 소리쳤다. 조그마한 괴물은 놀란 마음이 진정되지 않는지 멍하니 그를 바라보며 고개만 끄덕였다. 피에로는 쓰러진 상태에서 아무 움직임도 보이지 않았다. 콜로는 얼음 화살을 맞은 피에로를 보면서 말했다.

"내가 피에로를 죽였어."

카란이 고개를 저으며 말했다.

"아니야. 죽지 않았어."

카란은 누워 있는 피에로를 손으로 가리켰다. 뾰족한 고드름에 관통당한 피에로는 어느 순간 인형으로 변해 있었다. 카란은 팔을 들어 한쪽을 가리켰다. 그곳에는 진짜 피에로가 멀리 도망가고 있었다. 콜로는 인형이 된 피에로를 보고 말했다.

"내가 쏜 화살에 맞은 건 뭐야?"

"피에로가 조종하고 있던 거대한 꼭두각시였어."

콜로는 바닥에 떨어진 목걸이를 주워 카란의 손에 쥐어 주었다.

"어서 도망가. 나는 이제 밖으로 나가야 하니까 이런 건 필요 없어."

카란은 물이 가득 차 넘치려는 유리병처럼 눈물을 글썽이며 콜로를 보았다. 귀를 쫑긋 새운 조그마한 괴물은 콜로가 건네준 목걸이를 잡고 뒤를 돌아 어둠 속으로 사라졌다.

콜로는 카란이 도망가는 것을 보고 다시 광장 안으로 돌아왔다. 시계탑 광장에는 이미 요정들이 코르크들을 모두 해치워 놓은 상태였다. 코르크들은 동료들이 하나둘씩 죽어 나가자 겁에 질려 사방으로 도망갔다. 시로는 광장으로 돌아온 콜로를 보며 말했다.

"어서 시계를 작동시키자!"

콜로는 시계탑 앞에 떨어져 있는 톱니바퀴를 집어 들었다. 그때 콜로 옆으로 하얀 회전목마가 다가왔다. 콜로는 하얀 말에 올라타고 날아올라 톱니바퀴를 시계 속 비어 있는 부분에 집어넣었다. 잠시 뒤 멈춰 있던 시계가 서서히 움직이기 시작했다. 콜로는 시계가 째깍 소리를 내며 움직이자 두 팔을 높이 올려 소리쳤다.

"시계가 다시 움직이고 있어!"

코르크들을 물러나게 한 요정들도 시계가 다시 돌아가자 순수한 미소를 보였다. 광장에 쓰러져 있는 윙키와 파버드도 움직이는 시계를 올려다보았다. 그때 시계탑 아래에 소용돌이가 생겼다. 콜로는 그 소용돌이를 보고 말했다.

"이곳에 들어올 때 지도에 나타났던 모양이야!"

콜로는 시로와 껴안으며 말했다.

"이제 할머니를 만날 수 있어!"

시로는 눈물을 뚝뚝 흘리며 말했다.

"드디어 이 뚱뚱한 펭귄 몸에서 벗어날 수 있다니! 어서 밖으로 나가자!"

시로는 황급히 자리에서 일어났다. 콜로는 멀리서 자신을 바라보고 있는 윙키와 파버드의 얼굴을 보고 말했다.

"그전에 우리를 도와준 친구들과 요정들한테 인사하자."

시로도 고개를 끄덕였고 웡키와 파버드가 있는 곳으로 다가갔다. 웡키는 그들을 보며 말했다.

"잘 가. 이제 만날 일은 없을 거야."

콜로는 목에 감겨 있는 초록색 스카프를 웡키의 목에 살짝 감아 주었다.

"선물이야."

"고마워."

이후 콜로는 목숨을 구해준 수펠도우에게 다가가 그에게 받았던 반짝이는 화살을 다시 건네며 말했다.

"구해주셔서 감사합니다. 이 화살이 없었다면 저는 밖으로 영영 나가지 못했을 거예요."

"아니야. 자네의 용기와 도전은 밖으로 나가서 생기는 어떤 어려움도 모두 이겨낼 수 있을 것 같네."

콜로와 시로는 수펠도우에게 허리를 숙여 인사하고 시계탑 아래에 생긴 소용돌이로 다가갔다. 형제는 다시 뒤를 돌아 미소를 지었다.

"모두 안녕히 계세요!"

콜로와 시로는 서로를 쳐다보고 고개를 끄덕인 뒤 소용돌이 안으로 뛰어 들어갔다.

잠시 뒤 콜로는 눈을 떴고 주변을 둘러보니 공중화장실 안이었다. 밖에서는 많은 사람이 북적거리는 소리가 들려왔다. 콜로와 시로는 앞에 있는 큰 거울을 통해 서로의 모습을 보았다. 콜로는 시로를 보며 말했다.

"돌아온 거…. 맞지?"

"그런 것 같아."

"윙키랑 파버드는 잘 있겠지?"

시로는 말없이 고개를 끄덕였다. 그는 거울을 보며 다시 인간의 몸으로 돌아온 모습을 보고 개구리처럼 높이 뛰어 보고 두 팔도 이리저리 움직여보았다.

"다시 돌아왔어!"

그때 막대사탕을 물고 화장실 안으로 들어온 어린아이가 그를 이상한 사람을 보듯 쳐다보았다. 시로와 콜로는 웃으면서 화장실 밖으로 나갔다. 밖으로 나가자 하늘은 저녁이 되어 주황빛으로 물들어 있었다. 콜로는 시계를 보고 말했다.

"이제 위보 아버지가 말씀해 주신 시간이 다 돼가네? 어서 그곳으로 가자."

"나는 방금까지 있었던 비밀 공간에서 몇 달 넘게 있었던 것 같아."

두 형제는 위보 아버지와 약속한 저녁 7시까지 엔드랜드 정문 앞으로 갔다. 얼마 지나지 않아 위보가 기념품을 잔뜩 사서 오는 것을 볼 수 있었다. 위보는 멀뚱히 서 있는 콜로를 보고 말했다.

"너는 돌아다니다가 결국 아무것도 못 했지?"

콜로와 시로는 위보의 말을 듣고 서로를 바라보며 얕은 미소를 지었다. 위보는 두 형제의 표정을 보고 기분이 나빠졌는지 얼굴을 구겼다.

약속했던 시간에 모인 그들은 차를 타고 집으로 돌아갔다. 콜로와 시로는 집으로 돌아오자마자 보고 싶었던 할머니에게 달려가 껴안았다. 콜로는 할머니에게 안긴 채 말했다.

"할아버지가 말씀하신 엔드랜드 속 비밀 장소가 정말 있었어요."

할머니는 온화한 미소를 지으며 말했다.

"다치지 않고 돌아왔다니 다행이구나. 그런데 집에서 나갈 때 목에 둘렀던 녹색 스카프는 어디에 두고 온 거니?"

"엔드랜드에서 새로 사귄 친구에게 선물로 줬어요."

"잘했구나."

시로는 할머니를 보며 말했다.

"콜로 때문에 제 몸이 펭귄으로 변했었다니까요?"

"그것참 재미있었겠구나."

"할머니!"

콜로는 머리를 긁으며 머쓱한 웃음을 지었다. 그날 밤 콜로와 시로는 오랜만에 두 다리를 쭉 뻗고 누웠다. 콜로는 창문 밖으로 보이는 밤하늘을 보며 엔드랜드 속 비밀 공간에서 있었던 일을 하나씩 기억하다 잠들었다.

한 달 뒤, 콜로의 집 앞에 한 통의 편지가 도착했다. 보낸 곳은 엔드랜드였다. 편지봉투에는 무지개색 깃털 하나와 노란 털 뭉치가 밖으로 삐죽 튀어나와 있었다. 콜로는 엔드랜드에서 보낸 편지봉투를 보자마자 시로에게 달려가 소리쳤다.

"형 어서 와봐! 윙키랑 파버드가 편지를 보낸 것 같아!"

시로는 그 소리를 듣고 한걸음에 달려왔다. 그들은 봉투를 뜯어 안에 있는 편지를 읽기 시작했고 편지에는 단 한 줄이 적혀 있었다.

다시 이곳으로 와줘! 너희들의 도움이 필요해.

· 폐허가 된 놀이공원 ·

초판 1쇄 발행 2024. 12. 26.

지은이   고병재
펴낸이   김병호
펴낸곳   주식회사 바른북스

편집진행   박하연
디자인   이강선

등록 2019년 4월 3일 제2019-000040호
주소 서울시 성동구 연무장5길 9-16, 301호 (성수동2가, 블루스톤타워)
대표전화 070-7857-9719 | **경영지원** 02-3409-9719 | **팩스** 070-7610-9820

•바른북스는 여러분의 다양한 아이디어와 원고 투고를 설레는 마음으로 기다리고 있습니다.

이메일   barunbooks21@naver.com | **원고투고**   barunbooks21@naver.com
홈페이지   www.barunbooks.com | **공식 블로그**   blog.naver.com/barunbooks7
공식 포스트   post.naver.com/barunbooks | **페이스북**   facebook.com/barunbooks7

ⓒ 고병재, 2024
ISBN 979-11-7263-907-5 03810

•파본이나 잘못된 책은 구입하신 곳에서 교환해드립니다.
•이 책은 저작권법에 따라 보호를 받는 저작물이므로 무단전재 및 복제를 금지하며,
이 책 내용의 전부 및 일부를 이용하려면 반드시 저작권자와 도서출판 바른북스의 서면동의를 받아야 합니다.